www.mayabook.co.kr

www.mayabook.co.kr

www.mayabook.co.kr

刀帝
도제

지은이 | 글작소
펴낸이 | 권순남
펴낸곳 | (주)마야 · 마루출판사

등록 | 2008. 1. 7(제310-2008-00001호)

초판 인쇄 | 2011. 9. 23
초판 발행 | 2011. 9. 27

주소 | 서울시 노원구 상계 1동 1049-25 신영산업 BD 602호
대표전화 | 02-2091-0291
팩스 | 02-2091-0290
이메일 | marubooks@hanmail.net

ISBN | 978-89-280-0536-9(세트) / 978-89-280-0560-4
정가 | 8,000원

잘못된 책은 교환하여 드립니다.
저자와 협의하여 인지를 붙이지 않습니다.

刀帝 ③
도제

글작소 신무협 장편소설
MAYA & MARU ORIENTAL STORY

마루&마야

제27장. 다른 꿈을 꾸다 ...007
제28장. 책을 사다 ...031
제29장. 시간과 능력을 맞바꾸다 ...057
제30장. 얽히다 ...075
제31장. 인연이 시작되다 ...099
제32장. 함정을 놓다 ...125
제33장. 보물찾기 ...147
제34장. 돈 싸움 ...167
제35장. 죽 쒀서 개 주다 ...193
제36장. 헷갈리다 ...221
제37장. 업신여김을 당하다 ...249
제38장. 초대를 받다 ...271
제39장. 값어치에 대해 ...295

 계림을 떠나 장사로 향하던 유총이 뒤를 따르던 여루에게 불쑥 물었다.
"내가 지금 당장 쓸 수 있는 자금이 얼마나 되지?"
"금자 십만 냥 정도입니다."
 여루의 답에 유총이 미간을 찌푸렸다.
"그것뿐이 안 되나?"
"그간 이리저리 쓴 돈이 너무 많았습니다."
 모두 진마벽가를 해코지하고자 쓴 돈들이다. 여루의 입장에선 쓰지 말았어야 할 돈들이었지만, 유총을 앞에 두고 차마 그리 말할 순 없었다.
 하지만 여루의 말뜻을 못 알아들을 정도로 유총은 머리가 나쁘지 않았다.

"빌어먹을… 나도 괜한 짓거릴 했다는 건 알아. 하지만 한 번 화가 나면 다른 것들이 안 보이는 걸 어떻게 해!"

유총이 자신의 단점을 인정하긴 처음이다. 그런 유총을 여루가 불안하게 바라보았다.

"갑자기 왜… 그러십니까?"

"그냥 이번 일… 기분이 좋지 않아."

"척 하고 이야기가 잘되면 해결이 되는 게 아니었습니까?"

여루의 물음에 유총이 답했다.

"상가로서 가장 멍청한 짓이 무엇인지 알아? 바로 정치 세력끼리의 싸움에 끼어드는 거야. 잘되면 잘되는 대로, 못되면 못되는 대로 상가만 피 보게 되어 있어."

"하지만 어차피 모든 상가는 정치 세력에 뒷돈을 대고 있질 않습니까?"

"그것은 다른 정치 집단과는 상관없어. 그냥 한마디로 뇌물이란 거지. 하지만 한 정치 세력의 압박을 막아 달라고 다른 정치 세력을 끌어들이면 상황은 달라질 거다. 외숙은 우리가 살 수 있는 유일한 길이라고 믿고 있는 모양이지만, 내 생각엔 이건 무덤으로 가는 지름길이야."

"하면 어찌하시려고요?"

걱정스런 여루의 물음에 유총이 답했다.

"다른 살길을 찾아봐야지."

"여유 자금을 물으신 건 그 때문입니까?"

"그래, 일을 도모하자면 큰돈이 들게 생겼으니까."

유총의 말에 잠시 갈등하던 여루가 입을 열었다.

"상회의 규칙상 소회주님께서는 각 지단이나 지부에서 자금을 융통하실 수 있습니다."

"맞아. 그래, 그게 있었지. 하면 내가 동원할 수 있는 자금이 얼마나 되지?"

"상회의 규칙상 지단에서 차용하실 수 있는 금원은 십만 냥, 지부에선 이만 냥 정도입니다."

"모두 금자겠지?"

"예, 소회주님."

여루의 답에 무언가를 골똘히 생각하던 유총이 명했다.

"넌 지금 중원 각지의 지단과 지부를 돌며 내 이름으로 동원할 수 있는 모든 금원을 쓸어 와."

"전 중원의 지부와 지단을 상대로 말입니까?"

"그래."

"하지만 그건 불가능합니다, 소회주님."

"왜?"

"지부는 매달 상부 기관인 지단에 보고를 합니다. 마찬가지로 지단은 그 보고들을 취합한 결산 보고서를 만들어 본회에 상신하지요."

"그건 나도 알아. 그런데 그게 뭐?"

"그 보고로 인해 소회주님께서 동원한 금원이 드러나게 될 겁니다. 아실지 모르겠습니다만, 회주님의 승인이 없는 이상 소회주님이 임의로 동원할 수 있는 자금의 규모는 십만 냥을 넘지 못하도록 되어 있습니다."

여루의 말에 유충의 미간에 깊게 주름이 잡혔다.

"그 말은 내 이름으로 십만 냥 이상을 끌어모으자면 결산 보고가 올라가기 전에 최대한 끌어모야야 한다는 소리로군."

"그렇습니다, 소회주님."

"한 달이라……. 어느 정도나 움직일 수 있을까?"

"무리를 한다면… 광서는 어찌어찌 다 돌 수 있을 것입니다."

광서에 있는 지단은 당연히 광서 전역을 총괄하는 광서 지단 한 곳이다.

지부는 광서 지단 산하에 모두 여덟 곳. 그것들이 광서 전역으로 흩어져 있으니 한 달 만에 다 돌려면 여루는 미친 듯이 달리고, 또 달려야 할 것이 분명했다.

"그러면 얼마나 모을 수 있지?"

"이십육만 냥 정도를 모을 수 있을 겁니다."

자신이 계림을 떠나기 전, 외숙이 넘겨준 이권 서류가 삼십만 냥 정도의 가치를 가진다고 했으니… 도합 오십육만 냥이다. 그 정도라면…….

"여루."

"예, 소회주님."

"자, 내 명패니까, 이걸 가지고 지금 즉시 광서 전역을 돌아. 회유가 가능한 곳이 있다면 추가로 돈을 빌려 오고. 단, 돈은 모두 황금 전장이나 하남 상단의 전표여야 해."

유총이 내미는 옥패를 받아들며 여루가 조심스럽게 물었다.

"우리 상회의 전표는 안 되는 겁니까?"

"그래, 무조건 황금 전장이나 하남 상단의 것이라야만 돼."

"저기… 무슨 이유인지 여쭈어도 되겠습니까?"

"지금은… 안 돼. 하지만 돈이 모이면 너도 자연히 알게 될 거다."

답을 피하는 유총을 바라보며 여루가 다시 물었다.

"물론 본회에 말하면 안 된다는 것은 알겠습니다만… 수석 행수께도 말씀드리면 안 되는 것입니까?"

유총을 지지하는 사람이기도 했지만, 지금 당장도 그를 위해 계림까지 달려와 있는 사람이었기에 하는 물음이었다.

"아니, 외숙께도 말하지 마. 아니, 아예 계림 지부는 내가 해결할 테니 접근도 하지 마."

무엇 때문인지는 모르지만 여루는 유총을 믿기로 했다.

한 번 엇나가면 어리석음의 끝을 보여 주기도 하지만, 무언가를 제대로 하기로 마음먹으면 제갈공명이 울고 갈 정도로 확실한 일 처리를 보여 준다는 것을 알고 있기 때문이다.
"알겠습니다."
고개를 숙이는 여루를 유충이 재촉했다.
"시간이 부족하다는 건 네가 더 잘 알 테니까. 다른 말은 않겠어."
"최대한 서두르겠습니다. 참! 돈을 다 모으면 어디로 가면 되겠습니까?"
"석림, 석림으로 오게."
"석림이면… 운남성 말씀이십니까?"
"맞아. 그리로 오게."
"홀로… 괜찮으시겠습니까?"
"내 걱정은 말고, 너나 조심해."
"알겠습니다, 소회주님."
복명한 여루가 급히 떠나자 유충도 방금 벗어난 계림으로 다시 돌아가기 시작했다.

계림 지부의 주사인 이환은 요사이 주사부가 벌이고 있는 일련의 일을 그다지 좋게 보지 않고 있었다. 의리니 신의니 그런 것을 떠나 사람의 도리가 아니라 생각한 까닭이다.
하지만 그렇다고 자신의 생각을 다른 이에게 강요할 수는 없었다. 상회 운영을 거의 전부 떠맡고 있다시피 하는 주사들의 능력과 기여도에 비해 홀대를 받는 것은 분명한 사실이었기 때문이다.

상황이 그러니 배신한 주사들을 회주에게 고발할 생각도 들지 않았다.

입으론 상회 발전의 절반 이상이 주사들의 노력으로 이루어진 것이라고 하면서 그에 합당한 대가는 주어지지 않았다. 그에 반해 상회에 근무하는 상인들에 대한 대우는 매해가 다르게 좋아지고 있었다.

그것은 배신의 마음을 먹을 정도로 주사들에게 커다란 상대적 박탈감을 심어 주었던 것이다.

그것만 아니었다면… 어쩌면 자신은 동료들을 고발하는 의리 없는 자가 되었을지도 몰랐다.

그런 이환은 퇴근하다 말고 예상외의 사람과 마주쳤다. 그것도 마치 도둑처럼 뒤꿈치를 들고 발끝으로 조용히 들어서던 유총과 말이다.

"소, 소회주님?"

이환의 음성에 화들짝 놀란 유총이 황급히 손가락을 세워 자신의 입에 붙였다.

"쉿!"

"왜, 왜 그러십니까?"

이유도 모르면서 잔뜩 낮춘 음성으로 묻는 이환에게 유총은 답 대신 다른 것을 물어 왔다.

"외숙은?"

"침소에 드신 것으로 압니다."

여루의 답에 유총의 입에선 절로 한숨이 새어 나왔다.

"휴우~"

"장사로 떠나신 것이 아니었습니까?"

이환의 물음에 유총이 여전히 작은 음성으로 답했다.

"처리할 일이 있어서 다시 왔어. 그러지 않아도 마땅한 사람이 남아 있을까 걱정했는데, 마침 잘됐네. 자네가 날 도와주어야겠어."

"제가요?"

걱정스럽게 묻는 이환에게 유총은 환하게 웃어 보였다.

"그래, 자네가."

"무엇을 도와드리면 되겠습니까?"

"그게… 내가 급히 돈이 좀 필요하게 되었네."

"얼마나 필요하십니까?"

말을 하며 주섬주섬 자신의 전낭을 꺼내는 이환을 보며 실소를 지은 유총이 말했다.

"그렇게 작은 돈 말고, 많은 돈이 필요하네."

"많이면… 얼마나 말입니까?"

"그보다는 지부에 지금 가용한 자금이 얼마나 되는지 말해 주는 게 빠르겠는데."

"가용 자금을요?"

"그래."

유총의 답에 이환이 조금은 불안한 표정으로 물었다.

"대략 팔만 냥가량 있습니다."

"그걸 내어 주게."

"그, 그걸 다 말씀이십니까?"

"그래, 다."

유총의 답에 이환은 묻지 않을 수 없었다.

"어디다 쓰실 요량이신지……?"

"그걸 내가 굳이 밝혀야 할 이유라도 있는 겐가?"

당연히 있다. 지부의 돈은 회주나 소회주의 개인 돈이 아니기 때문이다. 하지만 그걸 대놓고 그대로 말할 만큼 이환이 멍청하진 않았다.

"소인이 출납을 지단에 보고하자면 어쩔 수 없습니다, 소회주님."

"흠… 그에 대해선 내가 따로 아버님께 말씀 올리지."

다른 때였다면 그래도 사용처 정도는 물었을 것이다. 그것도 아니면 하다못해 차용증이라도 받아 두었든가.

하지만 주사부가 회주를 배반하고 있는 것을 알면서 아무것도 말해 주지 않고 있다는 미안함에 차마 그런 것을 요구하지 못했다.

"알겠습니다. 하면 보름만 시간을 주십시오."

"보름? 왜 보름씩이나?"

다른 꿈을 꾸다 • 17

"지부가 보유한 전표는 만 냥 정도가 다입니다. 하니 나머진 본회에 연락해서 전표를 받아야 하기에……."

전표란 그냥 종이에 금액을 써 준다고 되는 게 아니다. 그만한 값을 하는 금이나 은, 하다못해 부동산을 보유해야 써 줄 수 있는 것이다.

그렇지 않고 마구 써 대는 대로 돈이 된다면, 아마 전표로는 쌀 한 톨도 얻지 못할 것이다.

그렇기에 전표는 모든 상가가 무조건 본점에서 발급하고 관리한다. 그것이 전표의 가치를 지키고, 위조를 막고, 신용을 쌓는 길이었기 때문이다.

하지만 불행히도 유총에겐 시간이 없었다. 더구나 본회에 알려서는 더더욱 안 되는 상황. 그러다 보니 본의 아니게 이환을 닦달하는 모양새가 되었다.

"아니, 난 지금 당장 필요해."

"지금 다, 당장 말씀이십니까?"

"그래, 지금 당장!"

"하지만 지금 지부에 있는 자금은 만 냥을 제외하곤 모조리 토지나 점포에 투입되어 있습니다. 그걸 모조리 현금화하려면 보름보다 더 걸릴 것입니다."

이환의 답에 인상을 찌푸리던 유총이 무언가를 기억해 냈는지 표정이 갑자기 밝아졌다.

"대리 수납금! 그래, 며칠 전 하남 상단이 보내온 비단을 받아 간 상인에게 하남 상단을 대신해서 받아 둔 전표가 있잖아."

대리 수납은 상가들끼리 맺은 협약에 의해 자신들의 지부가 없는 곳에서 협약을 맺은 상가의 지부가 대신 물건을 전달해 주고, 그 물건 값을 대리로 수납해 주는 제도였다.

그것으로 상가들은 거래가 적은 지역의 지부를 줄여 불필요한 지출을 아낄 수 있었다. 때문에 중원의 대형 상가들은 서로에게 도움이 되는 이 협약을 거의 모두와 맺어 두고 있었다.

"그렇긴 합니다만, 그 돈은 한 달 이내에 하남 상단으로 보내야 하는 것이기에……"

"한 달이면 충분해."

정말로 충분했다. 다만, 그걸 돌려놓기 위해서 충분한 것이 아니라 자신이 돈을 챙기기에 충분하다는 것이 문제였지만.

"정말 가능… 하시겠습니까?"

"그렇다는데도. 지금 자네, 날 못 믿는 건가?"

"아, 아닙니다."

"하면 그 돈이라도 내주게."

소회주의 요구다. 지부장이 있다면 모를까, 주사에 불구한 이환은 그것을 거부할 입장에 있지 못했다.

"아, 알겠습니다. 잠시만……"

다른 꿈을 꾸다 • 19

유충을 기다리게 한 이환은 자금 출납을 담당하는 주사를 찾았다. 하지만 불행히도 그는 퇴근한 후였다.

할 수 없이 이환이 직접 열쇠를 찾아 금고를 열고, 하남 상단을 대신해 수납해 두었던 전표들을 꺼내 유충에게 돌아왔다.

"여기 있습니다."

이환이 내미는 전표들을 확인하던 유충의 인상이 찌푸려졌다.

"오만 냥?"

"예, 대리 수납금은 그뿐인지라……. 그리고 이건 우리 지부가 가지고 있는 전표입니다. 말씀드린 대로 일만 냥입니다."

이환이 내미는 전표는 몇 장이 아니라 몇 다발이라고 불러도 좋을 만큼 많은 양이었다. 아마도 표시 금액이 수십에서 수백 냥짜리 전표들인 모양이었다.

"큰 거는 없어?"

"소요 자금용으로 보관하고 있던 전표라서……. 송구합니다."

"할 수 없지."

마뜩지 않은 얼굴로 전표를 받았던 유충은 그 전표들을 확인해 보곤 땡감 씹은 표정으로 돌려주었다.

"아니, 왜……?"

"우리 상회의 전표는 소용없어."

"예?"

이해하지 못한 표정으로 묻는 이환에게 일일이 설명할 생각이 없던 유총은 답은 않고 대리 수납금으로 받은 전표도 살폈다. 다행히도 해당 전표는 모두 황금 전장이 발행한 것들이었다.

"그나마 다행이군."

그 말만 남겨 두고 나가려던 유총이 뒤늦게 생각난 듯 돌아섰다.

"자네."

"예, 소회주님."

"오늘 일, 외숙께는 물론이고, 가능하면 내가 돈을 돌려놓을 한 달 이내엔 아무도 몰랐으면 좋겠는데… 가능하겠지?"

자신을 뚫어지게 바라보는 유총에게 이환이 조심스럽게 되물었다.

"출납을 담당하는 주사에겐 그래도 이야기를 해야 하지 않겠습니까?"

"아니, 가능하다면 그에게도 알리지 마."

하긴 그에게 이야기하면 유총의 부탁과는 달리 곧바로 본회의 주사부로 보고가 올라갈 것이다. 그것이 이번에도 이환의 발목을 잡았다.

"알겠습니다. 가능한 한 감춰 보겠습니다."

마지막 충성이라 생각하는 이환의 답에 유총이 미소를 지었다.
"고마워."
"아, 아닙니다."
 미안했다. 주사부가 어떤 일을 벌이고 있는지 알면서도 말하지 않는 자신에게 고맙다 말하는 소회주에게······.
 하지만 나중에 자신에게 떨어질 불똥을 알았다면 이환은 절대로 미안한 생각을 가지지 않았을 것이다.
 그렇지만 불행히도 이때엔 그렇게 될 것이라곤 전혀 상상조차 하지 못했다.
 그래서 이환은 또다시 도둑고양이처럼 조용히 지부를 나서는 유총의 뒤에서 깊숙이 고개를 숙이고 있었다.

† † †

 대륙 상회의 주사부는 매우 기민하게 움직였다. 도찰원의 어사들과 관리들이 어렵사리 찾아낼 수 있도록 교묘하게 상계의 비리를 노출시키고, 관부와 연결된 비리는 악착같이 뒤로 감추었다.
 어떨 땐 상계의 비리 뒤로 관부와의 비리를 감추는 대담함도 서슴지 않았다. 하지만 주사들의 생각처럼 도찰원의 어사들과 관리들은 들춰낸 상계의 비리에 시선을 빼앗긴 탓에 그 안에 감춰진 관부와 연계된 비리를 알아차리지 못했다.

그렇게 그간 대륙 상회가 벌여 왔던 상계의 비리들이 백일하에 드러나고 있었다.

그런 뛰어난 성과를 거두고 있음에도 그 일을 주관하는 도찰원의 분위기는 그리 좋지 못했다.

특히 도찰원의 실질적 수장인 우도어사의 얼굴은 좀처럼 펴질 줄 몰랐다.

"지금 이 상황을 내게 설명해 주었으면 하네만."

중간보고를 위해 수백 장에 달하는 보고서를 작성해 들어온 우첨도어사의 표정이 곤혹스러웠다.

"그것이… 이상하게 파면 팔수록 상계에 관계된 비리는 나오는데 관부와 결탁한 비리는 오리무중이 되어 가는 터라……. 송구합니다."

"중원 삼대 상가 중 가장 관부와의 비리가 많다고 소문난 대륙 상회일세. 그런 곳에서 관부와 연계된 비리가 발견되지 않는다는 것이 말이 되는가?"

"저도 그것이 이상하긴 합니다만……."

"혹, 조사에 동원된 어사들과 관리들이 다른 이들의 영향을 받는 것은 아니고?"

"그것을 방지하기 위해 애초부터 제가 믿을 수 있는 이들로만 추려서 구성한 조사단입니다. 그들은 믿을 수 있습니다, 우도어사 대인."

다른 꿈을 꾸다 • 23

"그럼에도 나오지 않는다는 걸 나보고 믿으라는 말이던가?"

"대인, 아니 스승님, 절 믿어 주십시오."

공무에서 단 한 번도 사적인 관계를 거론한 적이 없는 제자의 말에 우도어사의 표정이 수그러들었다.

"이십 년 가까이 자넬 보아 온 날세. 내가 어찌 자넬 못 믿겠는가? 다만, 일어날 수 없는 일이 일어나고 있음이니 답답해서 하는 말일세."

그 말엔 우첨도어사도 고개를 끄덕일 수밖에 없었다.

"그것은 저도 이상하게 생각하고 있습니다. 하지만 지금 드러나고 있는 비리도 상당한 것들이 많습니다. 문제를 삼자면 몇몇 중소상가는 문을 닫아야 하는 일도 있으니 말입니다."

"그러니 더 답답한 것이 아니겠는가? 그런 비리들이 나오는데 어찌 관부와 연계된 것만 빠져 있는지……."

"더 파 보겠습니다. 저들이 숨기는 데도 한계가 있지 않겠습니까? 막말로 숨기는 저들이 먼저 지치는지, 파내는 우리가 먼저 지치는지 경쟁을 해 보겠습니다."

의욕을 드러내는 우첨도어사를 바라보며 난감한 표정의 우도어사가 고개를 저었다.

"그것도 그리 쉽지 않을 듯하네."

"그게 무슨… 말씀이십니까?"

"태자 전하께서 오늘 조회에서 민생을 책임지는 상가에 대한 조사를 너무 오래 끄는 것이 아니냐는 말씀을 하셨단 말일세."

도찰원의 명목상 수장은 태자다.

당연직으로 태자에게 주어지는 직함 중에 하나가 바로 도찰원의 수장인 좌도어사였기 때문이다.

"그러면… 조사를 중단해야 한단 말씀이십니까?"

당황하는 우첨도어사를 바라보며 우도어사가 말했다.

"지금 당장은 아니야. 이번엔 태자 전하께서 단순히 우려 차원에서 하신 말씀 같았으니까. 하지만 다음 조회 때에도 지금의 상태라면……."

중단하라는 명이 내려올 것이다. 부친인 선덕제를 닮아 유독 민생에 관심이 많은 태자였던 까닭이다.

"하지만 보름으로는 어렵습니다."

도찰원의 조회는 한 달에 두 번, 다시 말해 보름에 한 번 열리기 때문에 하는 말이다.

"그럼 어느 정도면 되겠나?"

"두 달, 아니 한 달 반만 더 주십시오."

"한 달 반……. 그 정도면 해낼 수 있겠는가?"

"사력을 다하겠습니다."

우첨도어사의 다짐에 우도어사가 고개를 끄덕였다.

"하면 다음번 조회 때 한 달의 말미를 청해 보겠네."

"태자 전하께서 가납하실까요?"

"그건 내게 맡기고, 자넨 조사에 매진하게."

"예, 분골쇄신의 마음으로 최선을 다하겠습니다."

"자넬 믿겠네."

 우도어사의 말에 우첨도어사가 결의를 다진 표정으로 고개를 숙였다.

† † †

 도처에 난이 쳐진 그림이 붙은 방 안, 검버섯이 가득한 노인 하나가 바짝 엎드려 있었다.

"준비가 되어는 가는가?"

"이제 안정지계(安定之計)가 마무리되어 갑니다, 은공."

"난세지계(亂世之計)가 지나는 동안의 기다림도 한없이 길었네. 더는 기다리기가 힘들다는 것을 알았으면 좋겠네만."

"은공의 기다림이 빨리 끝날 수 있도록 최선을 다하겠습니다. 조금만 더 기다려 주십시오."

"얼마나 더 기다리면 되겠나?"

"안정지계는 십 년이옵니다. 이제 그중 삼 년이 지났습니다."

"앞으로 칠 년이나 더 기다려야 한단 말인가?"

"무너트리고자 하는 것이 산입니다. 그 밑동이 광활하니 자칫 작은 실수 하나가 대계를 망칠 수도 있음입니다. 소인도 참기 어려우나 그것을 위해 악착같이 참고 있습니다. 하오니 은공께서도 조금만 더 여유를 가져 주십시오."

"하긴 자네의 원한도 내게 뒤지지 않지. 그런 자네가 참으라니 참아야 할 터. 그리 알고 돌아가겠네."

"멀리 배웅하지 않겠습니다, 은공."

"눈에 띄어 좋을 것이 없으니… 나중에 보세."

"살펴 가소서."

이윽고 상석의 인기척이 사라지자 노인이 자리에서 일어섰다. 그리고 상석에 있던 사람이 나간 문을 향해 공손히 읍을 해 보였다.

그때였다.

"대인, 소인 방민입니다."

밖에서 난 소리에 노인이 상석에 가 앉으며 답했다.

"들어오게."

노인의 허락에 조심스럽게 들어와 바닥에 엎드린 이는 호부상서였다.

"그래, 이 시간이면 황궁에서 정사를 돌봐야 할 사람이 어인 일인가?"

"그것이… 우첨도어사가 도찰원에 다녀갔습니다."

"무창에 있어야 할 그가 황궁에 오다니……. 달리 책잡힐 일이라도 나온 겐가?"

다른 꿈을 꾸다 • 27

"도찰원에 심어 둔 우리 쪽 사람의 말로는 일상적인 중간 보고였답니다."

호부상서의 보고에 노인, 신국공의 입가에 미소가 어렸다.

"계획대로 되어 가는 모양이로군."

"예. 상계에 관한 비리만 잔뜩 나온 터라 내심 당황하고 있다 합니다."

호부상서의 말에 잠시 생각을 정리하던 신국공이 말했다.

"자넨 그것을 쥐고 흔들어야 할 게야."

"그냥 두어도 우도어사가 문제를 삼지 않겠습니까?"

"그 구렁이를 아직도 몰라서 하는 소린 겐가? 아마 민생에 영향이 적은 것으로 적당한 거 한두 가지만 터트리고 나머진 땅속으로 묻어 버리고자 할 것이야."

"하오면 어디까지 흔들어야 하올지……?"

"저들 상가들이 겁을 집어먹고 누군가를 찾을 정도는 되어야겠지."

신국공의 말뜻을 알아들은 호부상서가 고개를 조아렸다.

"버선발로 대인을 찾아 달려오도록 만들어 놓겠습니다."

"그리하게. 하고… 대도독부는 어찌 움직이던가?"

"강호인을 움직이려 드는 것으로 알고 있습니다."

"대도독이 황궁 비고에서 비급 하나를 빼내 갔다는데, 그것으로 움직이는 모양이로군."

"그런 것으로 아옵니다. 필요하시다면 조금 더 깊게 알아

보고 말씀 올리겠습니다, 대인."

호부상서의 말에 신국공이 고개를 저었다.

"아닐세. 그냥 두게. 우리보다 더 급한 이가 바로 대도독이니 알아서 잘할 게야."

"알겠습니다, 대인."

"참! 대륙 상회 말이다."

"예."

"주인을 바꿀 생각이니라."

"혹 일전에 찾아왔다던 그를 생각하십니까?"

호부상서의 물음에 신국공이 미소를 지었다.

"주변을 살피는 자네의 눈이 조금 더 좋아진 모양이로세."

"아, 아닙니다, 대인."

당황하는 호부상서에게 신국공이 말을 이었다.

"한데 자네, 눈과 귀가 좋아질수록 무엇이 무거워져야 하는지는 알고 있나?"

"이, 입이 무거워져야 하옵니다."

"그래, 그렇지. 잘 알고 있는 듯하니 달리 말을 보태지 않겠네."

"며, 명심하겠습니다, 대인."

잔뜩 고개를 조아리는 호부상서를 바라보며 웃은 신국공이 말을 이었다.

"좋아, 좋아. 자네가 잘 알아들으니 다시 말을 이어 볼까?"

"예, 대인……. 하오면 지금의 회주를 잡아들일까요?"
"그보다는 조용히 사라졌으면 좋겠네만."
"그리 처리해 놓겠습니다, 대인."
"알았으니 물러가게."
"예, 대인."
신국공의 축객령에 호부상서가 무릎걸음으로 방을 빠져나갔다.

 벽사흔을 따라 걷는 팽렬의 얼굴엔 걱정과 불안이 가득했다. 그것을 본 벽사흔이 물었다.
 "도둑질하다 들킨 놈처럼 왜 그래?"
 "그게… 정말 이렇게 가도 되는 겁니까?"
 "되니까 가고 있겠지."
 "그래도 이건… 제가 아는 거랑 너무 다른데요."
 "뭐가 그렇게 다른데?"
 "원래 여기에 들어오려면 세세한 검문도 여러 번 받아야 하고, 무기도 소지하지 못하는 것으로 알고 있습니다만……."
 "그래? 하지만 난 그런 적 한 번도 없는데."
 "그, 그렇습니까?"

"그래."

"그, 그럴 리가 없는데……."

팽렬이 몹시 불안해하는 것은 지금 그들이 걷고 있는 곳이 자금성, 그것도 황궁 내부에 있는 허허벌판처럼 드넓은 태화전 앞 광장이었기 때문이다.

"이러다 잡혀가는 건 아닐까요?"

팽렬이 걱정하는 것은 다 이유가 있다. 강호에 고수가 있듯이 관부에도 고수가 있기 때문이다.

흔히 관부 고수라 부르는 이들인데, 그들의 수나 경지는 철저한 장막에 가려져 있었다.

그럼에도 불구하고 한 가지 상황으로 그들의 능력을 조심스럽게 유추해 볼 수는 있었다.

강호의 고수가 황제의 허락 없이 자금성의 담장을 넘은 경우는 수도 없이 많았지만, 그렇게 담장을 넘었던 고수들 중에 다시 황궁의 담장을 넘어 무사히 돌아온 이가 없다는 것이다.

살았는지 죽었는지, 아예 흔적도 없이 사라져 버리는 것이다.

그래서 강호에선 황궁을 일러 자릉(紫陵)이라 부르기도 한다. 한마디로 자색 무덤이란 소리였다.

그런 곳을 누구의 허락도 없이 당당히 걷고 있으니 불안하지 않을 수 없었다. 그것이 자꾸 말을 하게 만들었다.

"정말 잡으러 오는 거 아닐까요?"

"글쎄."

태평한 벽사흔과 달리 불안하고 겁까지 나는 팽렬은 일견 짜증이 일고 있었다.

"아니, 도대체 왜 안 막는 거래요?"

팽렬이 저리 말할 정도로 그들은 제지를 당하지 않았다.

황궁의 정문이라는 오문엔 그곳을 지키는 관병들이 수십 명이나 있었다. 하지만 어찌 된 것이 자신들이 접근하자 마치 지나가라는 듯이 가운데에 통로를 만들며 비켜선 것이다.

그렇게 드러난 통로로 벽사흔은 아무 거리낌 없이 들어섰다. 물론 팽렬, 자신도 엉겁결에 그런 벽사흔의 뒤를 따라 들어왔지만…….

이후엔 어딜 가도 마찬가지다. 오문 뒤에 이어진 다리를 지날 때도, 태화문이란 또 다른 성문을 지날 때도 관병들은 전혀 제지하지 않았다.

지금도 마찬가지다. 거의 평원이라고 불러도 좋을 만큼 어마어마한 광장의 한가운데를 자신들이 걸어가고 있지만 아무도 제지하지 않는다.

그렇다고 자신들을 본 사람들이 없는 것도 아니다. 길 양편으로 중무장한 병사들이 촘촘하게 도열해 있었으니까.

그럼에도 불구하고 병사들은 지나가는 자신들을 전혀 제

지할 생각이 없어 보였다.

 그렇게 길을 가던 중간, 벽사흔이 갑자기 발길을 멈췄다. 그리고 뒤로 한 걸음 물러선 그가 한 병사를 향해 홱 돌아섰다. 그리고 팽렬을 경악하게 만드는 일이 벌어졌다.

 퍽-

 느닷없이 벽사흔이 앞에 선 병사의 정강이를 걷어찬 것이다. 그 모습에 이제 끝장났다는 생각을 한 팽렬이 두 눈을 질끈 감았다.

 하지만 병사들이 몰려들어 사정없이 내찌르는 창의 고통도, 달려들어 창대로 무지하게 벌이는 구타로 인한 고통도 없었다. 대신…

 "위, 위사 왕석!"

 고함처럼 질러 대는 병사의 관등성명이 울려 나왔다. 의아해서 슬쩍 두 눈을 뜨자 벽사흔이 병사를 다그치는 모습이 보였다.

 "견갑 색이 다르잖아!"

 "이, 잃어버렸습니다."

 "이 자식이, 팔 한 짝도 잃어버릴래!"

 퍽-

 다시 한 번 걷어차인 병사가 쩔쩔매며 말했다.

 "시, 시정하겠습니다!"

 "시정? 뒈진 다음에 시정하면 무슨 소용이야! 견갑 색이

다르면 지휘관으로 오인될 수 있다는 것도 모르나? 그리되면 화살은 네놈에게 모조리 날아온다. 그걸 바라는 거야?"

"아, 아닙니다!"

"아니면 정신 차려, 자식아!"

"옙, 감사합니다!"

"얻어맞고 감사는 무슨……."

그 말을 뒤로하고 다시 가던 길을 가는 벽사흔의 뒤로 팽렬이 황급히 쫓아왔다.

"군인이었다더니 혹시 여기서 근무했었어요?"

"잠깐은."

벽사흔의 답에 팽렬이 그제야 환하게 웃었다.

"그래서 안 잡는 거구나."

말을 하고 걸어가던 팽렬의 표정이 다시 일그러졌다. 생각해 보니 이곳은 황궁이다. 예전에 근무했던 사람이라고 그냥 들여보내 줄 리 만무한 곳이란 뜻이다.

더구나 아무리 병사라지만, 현직도 아니고 퇴역한 군인이 막 걷어차는데도 병사들은 찍소리도 못했다.

"높… 았었습니까?"

"뭐가?"

"지위… 군부에서는 계… 급이라고 하나요. 여하튼 그거요."

"별로. 내 아래로 다섯 명뿐이었어."

다섯 명……. 대충 아는 것이지만 군부에서 가장 작은 단위는 오(伍)다. 병사 다섯에 지휘관 한 명. 그 말은 벽사흔이 겨우 오의 지휘관이었다는 말이다.

그렇게 보면 역시 지금의 상황은 전혀 이해가 가지 않았다. 다시금 팽렬의 불안감이 고개를 들 수밖에 없는 이유였다.

대도독부의 건물은 자금성의 남쪽에 늘어선 외조에서 서편에 해당하는 문화전 뒤에 있었다.

영락제 이전엔 이곳에서 삼백만에 달하는 명군 전체를 지휘했지만 오군도독부가 실질적인 군령권을 가져간 이후엔 지휘할 병력이 없는 이름뿐인 곳이 되었다.

그곳으로 들어서는 벽사흔을 발견한 경비병들이 부동자세를 취했다.

"넌 여기서 좀 기다려."

"여기서요?"

팽렬의 물음에 벽사흔이 고개를 끄덕였다.

그렇게 벽사흔이 전각 안으로 들어가 버리자 팽렬은 전각 밖에 뻘쭘히 서 있을 수밖에 없었다.

한데 방금 전까지 고양이 앞의 쥐처럼 잔뜩 긴장해 있던 경비병들이 언제 그랬냐 싶게 기세를 찾고 팽렬을 날카로운 눈빛으로 노려보기 시작했다.

"뭐, 뭐야……?"

당황했지만 그뿐이다. 팽렬도, 경비병들도 아무것도 못하고 그저 서로를 노려볼 뿐이었다.

한참 이야기를 나누던 노장수들은 전각으로 들어서는 이를 발견하곤 모조리 굳어 버렸다.

"자, 장군."

"오랜만이야."

수염이 허옇게 센 노장에게 잘 봐줘야 이제 이십 대 중반 정도로밖에 보이지 않는 벽사흔이 하대를 건네도 분해하는 이는 아무도 없었다.

"어, 어찌……. 혹 돌아… 오신 겁니까?"

"뭐 좋은 게 있다고 돌아와. 그냥 잠시 이우령이 보러 왔어."

"이우령… 대도독을 말씀이십니까?"

"그래, 어디 갔나?"

"폐하의 부르심을 받고 잠시 태화전으로 나갔습니다. 가… 보시겠습니까?"

"아니, 그냥 기다리지."

벽사흔의 말에 부도독이 황급히 의자를 대령했다.

"앉으십시오."

"그래."

고맙단 말 한마디 없이 앉는 벽사흔을 노장들은 불안한 눈으로 바라보고 있었다. 그런 노장들에게 미안했는지 벽사흔이 권했다.

"앉지?"

"아, 아닙니다. 이게 편합니다."

"뭐, 그러든가."

그 말에 조금 전까지도 앉아 있던 몇몇 장수들은 슬그머니 일어나야만 했다. 그렇게 어색한 침묵의 시간이 잠시 흐르고… 기다리던 대도독이 들어왔다.

"자, 장군!"

들어서다 말고 놀라는 노장수에게 벽사흔이 손을 들어 보였다.

"안녕."

"그, 그간 강녕하셨습니까?"

"뭐, 대충은."

"도, 돌아오신 겁니까?"

대도독의 물음에 벽사흔이 피식 웃으며 물었다.

"왜 모두 그걸 묻는 거지?"

몰라서 묻는 건 아니다. 이들 모두 자신이 돌아오지 않길 바라는 이들일 테니까.

"그, 그저… 송구합니다."

송구하긴 할 거다. 왜 왔냐고 한 소리였을 테니까. 그래도 화는 나지 않았다.

"조용히 하고 싶은 이야기가 있어서."

 벽사흔의 말이 끝나기 무섭게 그간 안에 서 있던 노장들이 우르르 전각 밖으로 나가 버렸다.

 그 모습이 만족스러웠는지 벽사흔이 피식 웃었다.

"앉지."

"아, 아닙니다. 이게 편합니다."

"내가 안 편해서 그래. 올려다보려면 목이 아프니까."

"아! 예, 장군."

 황급히 자리에 앉은 대도독에게 벽사흔이 물었다.

"요새 좋은 거 가지고 있다면서."

"조, 좋은 거요?"

"그래."

"무, 무슨 말씀이신지……?"

 당황하는 대도독을 바라보며 벽사흔이 의미심장하게 웃었다.

"다 듣고 왔어. 좋은 말로 할 때 내놔."

"저, 정말 뭘 말씀하시는지 모르겠습니다."

 대도독의 발뺌에 벽사흔의 얼굴에서 웃음기가 사라졌다.

"이우령이."

 벌떡!

"예, 장군!"

 커다란 음성이 마치 갓 입대한 신병의 것과 같았다.

"치매야? 나이 좀 먹었다고 옛날 생각이 막 안 나고 그래?"

"아, 아닙니다!"

"그러면 노안이야? 눈이 막 침침하고 그래서 내가 누군지 잘 안 보이나?"

"자, 잘 보입니다!"

"그런데 왜 그래?"

"시, 시정하겠습니다."

"그래, 시정, 그거 좋은 거지. 그럼 시정해 봐."

벽사흔의 말에 당황한 대도독이 황급히 품을 뒤지더니 주섬주섬 전표들을 꺼내 놓았다.

"뭐냐?"

"제가 가진 전부입니다, 장군!"

"너, 내가 이거 뺏자고 온 것 같나?"

"아, 아닙니다. 수, 수금하러 오셨습니다."

수금. 과거에 부하들의 주머니를 털 때마다 쓰던 말이다. 그때의 기억이 떠오르자 웃을 순간이 아닌데 웃음이 튀어나왔다.

"풋-"

자신이 웃자 대도독도 억지 미소를 지었다. 하긴 무표정으로 있으면 그랬다고 또 한 소리 들었어야 할 테니까.

"이우령이."

"예, 장군!"

"내가 우습지. 실실 쪼개기나 하고."

"아, 아닙니다!"

웃음기를 날려 버리고 잔뜩 긴장한 대도독에게 벽사흔이 은근한 목소리로 물었다.

"이런 거 말고, 있잖아."

"저, 정말 무엇을 말씀하시는지 모르겠습니다."

"돈 말고, 조금 더 중요한 거 말이야."

돈 말고, 조금 더 중요한 거······. 대도독은 벽사흔의 말뜻을 이해하기 위해 과거의 기억을 모조리 뒤졌다. 그러던 대도독의 눈이 반짝 빛났다.

"수, 술 말씀이십니까?"

대도독의 말에 벽사흔도 잠시 회가 동하긴 했다. 술을 그다지 즐기지 않는 벽사흔마저 흔들어 놓을 정도로 황제에게 진상된 술은 향과 맛이 좋았다.

하지만 지금은 그보다 급한 것이 있었다.

"그거 말고."

왠지 조금 실망하는 듯한 벽사흔의 표정에 대도독은 다시 생각을 정리할 필요가 있었다.

"요새 좋은 거 가지고 있다면서."

벽사흔이 처음 꺼낸 말이다. 그 말은 자신이 요사이 손에 넣은 무언가를 원한다는 뜻이었다.

그래서 몰두했다. 요사이 자신이 손에 넣은 것들 중에 좋은 것들을······.

그러나 생각나는 것은 별로 없었다. 사흘 전에 새로 들어앉힌 첩하고, 십여 일쯤 전에 서역 상인이 뇌물로 준 후추 한 통, 그리고··· 설마!

무언가가 떠오른 대도독이 품에서 작은 책자를 하나 꺼내 놓았다.

은하유성도

겉장에 쓰인 제목을 확인한 벽사흔이 미소를 지었다.

"그래, 이거."

설마 했는데 실제로 은하유성도의 비급을 원하자 대도독의 얼굴에 의아한 표정이 들어섰다.

"이, 이걸 왜······?"

경천동지할 무공 비급들도 수십 종류가 보관되어 있는 황궁 비고에 들어갔다 나와선 쓸 만한 건 하나도 없다던 사람이다. 그랬던 사람이 갑자기 왜?

"필요한 일이 생겼어."

필요한 일? 팽가와 연결된 무공이 왜 필요할까? 혹시 팽가와 인연이라도……?

아니다. 그가 아는 벽사흔은 절대로 강호 무림과 엮일 사람이 아니었다. 무림의 무 자만 나와도 이를 갈던 사람이니까.

그럼 왜?

"무슨 일인지 여쭈어도 되겠습니까?"

물어 오는 대도독을 벽사흔이 물끄러미 바라보았다.

"이우령이."

"예, 장군."

"너 많이 컸다."

"예?"

"이제 나한테 막 뭐할 거냐고 따지기도 하고 말이야."

"따, 따, 따지는 것이 아니옵고… 시, 시정하겠습니다."

"그래. 오랜만에 봤더니 시정 많이 해야겠다."

"노력하겠습니다, 장군."

"노력… 해야지. 이우령이, 많이, 열심히 해!"

"옙, 장군."

부동자세를 취하는 자신의 어깨를 두드려 준 벽사흔이 전각을 나가자 대도독이 의자에 털썩 주저앉았다.

그런 대도독의 주변으로 언제 들어왔는지 노장수들이 우르르 몰려들었다.

"괜찮으십니까, 대도독?"

"괘, 괜찮소."

대도독의 답에 부도독이 조심스럽게 물었다.

"뭐랍니까?"

"그걸… 빼앗겼소."

"그거라니… 뭐 말입니까?"

"팽가에 거래 조건으로 건 비급 말이오."

대도독의 답에 부도독이 놀란 표정이 되었다.

"화, 황궁 비고에서 빼돌렸다는 그것 말씀이십니까?"

"맞소."

"서, 설마 그걸 알고 온 거랍니까?"

"그런 거… 같소."

딱 집어 그걸 원하고, 내놓자마자 가져갔다. 당연히 알고 온 것이다. 문제는 그것의 출처였다.

황궁 비고.

그것을 떠올린 부도독 이하 노장수들의 표정이 검게 죽어 버렸다.

퇴역한 지 벌써 일 년이 훌쩍 넘어가는 이가 느닷없이 찾아와 그것을 가져갔다면 십중팔구 황실의 연통을 받았다는 소리였다.

황실이 어찌 알았는지는 둘째 치고, 그것의 환수 의뢰를 받았다면… 황제가 곧 자신들의 소행을 알게 될 것이란 소리였다.

이번엔 노장수들의 얼굴에서 핏기가 빠져나가고 있었다.

† † †

무영전과 동서 방향으로 대각선으로 서 있는 문화전의 뒤엔 흔히 금의위라 부르는 친군지휘사사(親軍指揮使司)의 건물이 있었다.

그곳으로 들어서는 장수에게 금의위 도독이 버럭 소리를 질렀다.

"이제야 오면 어쩌자는 게야! 황상을 기다리게 하는 것이 얼마나 중한 죄인 줄 몰라서 늦는 겐가!"

"소, 송구합니다, 도독."

"가지. 늦었으니 보고는 가면서 듣겠네."

벌떡 일어서 문 쪽으로 가는 도독에게 장수가 말했다.

"저기… 그가 황궁에 들어왔습니다."

"그라니?"

문을 열기 위해 문고리를 잡으며 묻는 도독에게 장수가 답했다.

"어림대장군 말입니다."

툭—

얼마나 놀랐는지 문고리가 뜯겨 나왔다.

"누구?"

"어림대장군입니다."

"그가 왜?"

"그것까지는……."

남진무사(南鎭撫司:종2품의 무관)의 모호한 답에 금의위 도독이 불안한 표정으로 물었다.

"지금 어디에 있나?"

"곧장 대도독부로 향했습니다."

"태화전이 아니라 대도독부?"

"예, 도독. 어찌… 할까요?"

"뭘 말인가?"

"이미 퇴역하여 야인이 된 자입니다. 그런 자가 무단으로 황궁을 들어왔으니… 추포해야 하지 않겠습니까?"

남진무사의 말에 도독의 검미가 잔뜩 찌푸려졌다.

"추포? 자네, 지금 전쟁이라도 할 생각인가?"

"예?"

"우리가 어림대장군을 추포했다고 치세. 어림군이 가만히 있겠나?"

"이미 퇴역한 이를 어림군이 보호할 리가……."

남진무사는 말을 맺지 못했다. 자신의 말이 이어질수록 도독의 눈에 어리는 못마땅함을 읽은 까닭이었다.

"정신 차려. 고작 일 년 지났다고 그가 어떤 사람인지 잊으면 어찌하자는 게야!"

"소, 송구합니다."

"금의위는 그를 보지 못했다. 무슨 말인지 알겠나?"

"예, 도독."

복명하는 남진무사를 바라보며 금의위 도독이 다시 제자리로 돌아와 앉았다. 그런 그에게 남진무사가 조심스럽게 물었다.

"안 가십니까? 이미 늦었습니다만……."

"조금 천천히 가도 돼."

"황상께서 기다리실 텐데요?"

걱정 어린 남진무사의 물음에 금의위 도독이 못마땅한 표정으로 답했다.

"그걸 네가 왜 걱정하고 난리야!"

"소, 송구합니다, 도독."

"시끄러우니까, 나가서 살피다 그가 돌아가면 내게 알리기나 해."

"예, 도독."

복명하고 나가는 남진무사의 뒷모습을 금의위 도독은 심기 불편한 얼굴로 바라보았다.

지금 나가다 그의 눈에 띄기라도 하면… 그건 결코 있어선 안 되는 일이었다.

금의위와 비슷한 일이 벌어지고 있는 곳이 또 한 군데 있었다.

 황궁의 정문으로 불리는 오문 근처에 서 있는 구문제독부의 건물이 바로 그곳이었다.

"설마 길을 막거나, 검문을 하거나 하는 병사는 없었겠지?"

"예, 제독. 하온데 정말 이렇게 두어도 되는 것인지 모르겠습니다."

"뭐가 말인가?"

"야인으로 돌아간 자입니다. 그런 자를 저렇게 활보하도록 방치하는 것은… 나중에 문제가 되지 않겠습니까?"

"문제를 삼을 사람이 있을지도 모르지. 적을 많이 둔 사람이었으니까. 하지만… 그걸 용납할 황실이 아니다."

"왜 그런 겁니까?"

 부제독의 물음에 제독은 그저 미소를 지을 수밖에 없었다.

"글쎄… 그건 나도 모른다."

"예?"

"나도 모른다고. 다만, 내가 그를 안 날 이후로 황실이 그의 품행을 문제 삼은 적은 없다. 오죽하면 교태전 후원의 연못에서 낚시를 한 그가 허탕을 쳤다는 소리를 들은 선황께서 안타까워하시며 잉어를 가져다 풀라 명하셨던 적도 있으니까."

"저, 정말 그런 적이 있습니까?"

"그래. 그러니 그냥 모른 척하면 돼."

제독의 말엔 부제독도 더 이상 할 말이 없었다.

황후와 후궁들의 거처인 탓에 황제를 제외하면 남자라곤 황자들도 접근할 수 없다는 교태전이다.

하물며 그녀들이 편하게 돌아다니는 후원에 위치한 연못에서 낚시를 하고도 살아남았다니.

그것만으로도 기함할 일인데, 황제가 직접 잉어를 풀어 놓으라 했다니 다음에 또 가서 낚시를 하라고 허락을 했다는 뜻이 아닌가.

황제로부터 그런 대우를 받을 수 있는 사람이 있다는 생각조차 못 해 본 일이었다.

"아, 알겠습니다."

맥없이 물러나는 부제독을 바라보는 구문제독부 제독의 눈은 금의위 도독의 눈과 닮아 있었다.

† † †

남진무사는 도독의 명대로 어림대장군이 가나, 안 가나를 살펴보고 있었다. 그런 그를 발견한 환관 몇이 다가왔다.

"남진무사께서 예서 뭐하시는 겁니까?"

"아! 제독태감."

당황하는 남진무사의 모습에 의아한 표정의 제독태감, 양공공이 물었다.

"전각 모퉁이에 숨어서 뭘 그리 흘끗거리시는 겝니까?"

"그, 그게……."

이전보다 더 당황하며 답을 못하는 남진무사의 행동을 이상하게 생각한 양 공공이 그를 밀어내고 건물 모퉁이로 고개를 내밀었다.

"허억!"

기겁하는 음성이 양 공공의 입에서 튀어나왔다. 어찌나 놀랐는지 자칫 엉덩방아를 찧을 뻔하기까지 했던 것이다.

모퉁이에서 고개를 내미는데, 그런 자신을 물끄러미 바라보는 얼굴과 정면으로 맞닥트린 탓이었다.

그것도 꿈에 나올까 무서운 이의 얼굴과…….

"너 뭐하냐?"

모퉁이를 돌아 모습을 드러낸 이는 팽렬을 뒤에 단 벽사흔이었다.

"아, 아무것도 한 것이 없습니다."

"정말?"

"저, 정말입니다. 믿어 주십시오."

"한데 이 자식, 또 무게 잡네. 너 직책이 뭐야?"

"예?"

당황하는 양 공공을 바라보며 벽사흔이 미간에 주름을 잡았다.

"똑같은 말 두 번 하게 하지 말자."

"예, 예, 화, 환관입니다."

"그래, 환관이 그렇게 진중한 목소리면 되겠냐?"

"그, 그것이……."

거세를 당한 환관의 음성은 여성화의 영향을 받아 가늘고 높아진다. 하지만 무슨 이유에선지 더러 그렇지 않은 이들도 있다. 양 공공처럼 말이다.

"내가 어찌하라고 가르쳤었지?"

벽사흔의 말에 양 공공이 고의적으로 목소리를 높고 가늘게 냈다.

"환관처럼 하라고 하셨습니다요. 네."

"그래, 잘하는구먼. 생각해 봐라. 황상이 어느 날 태후전에 갔는데 걸걸한 네 음성이 안에서 나온다면 기분 좋겠냐?"

"그, 그것이……."

"안 좋겠지?"

"예, 예……."

"기분이 안 좋으면 황상이 태후께 좋게 말하겠냐? 그럼 또 태후가 그 성격에 참겠냐고? 한마디 하겠지. 서로 왔다 갔다 한마디가 두 마디 되고, 두 마디가 세 마디, 네 마디 되는 거다. 그렇게 개차반 된 기분으로 황상이 정사를 보면 그 일이 제대로 되겠냐?"

"아, 안 될 것입니다."

"쓰… 읍!"

"아, 안 될 것입니다요."

"그래. 그러니 황상을 편하게 모시는 것이 소임인 너는 어째야 한다?"

"언제나 환관의 자세를 잃지 않아야 하옵니다요."

"그래, 그런 거야. 잊지 마라."

"예이~"

"자식, 잘하네."

그렇게 돌아서던 벽사흔의 몸이 다시 돌려졌다.

"너!"

"예, 옙, 남진무사 도현!"

"허생이 자식, 잘 있나?"

"예, 도독께선 잘 계십니다."

"그놈, 아식도 술만 처먹으면 오줌 싸나?"

"아, 아닙니다."

당황하는 남진무사의 답에 벽사흔이 툭 던지듯 말했다.

"다음번에 또 술 취해서 태화전에 오줌 싸다 걸리면 거시기 잘라 버린다고 전해."

"아, 알겠습니다."

"넌 감시 잘하고."

벽사흔의 말에 양 공공이 황급히 고개를 조아렸다.

"아, 알겠습니다요."

"그래, 그럼 간다."

손까지 흔들어 보이고 돌아서던 벽사흔의 고개가 다시 홱 하니 돌아갔다.
 "배웅 안 하냐?"
 "하, 합니다."
 "해요, 합니다요."
 결국 벽사흔은 동창의 수장인 제독태감과 금의위의 부수장 격인 남진무사의 배웅을 받으며 황궁을 나섰다.

제29장
시간과 능력을 맞바꾸다

 들어갈 때와 마찬가지로 아무런 제지도 받지 않은 채 황궁을 나온 벽사흔은 팽렬을 앞장세우고 북쪽으로 길을 잡았다.
 비로소 팽렬을 끌고 나온 이유가 빛을 발하는 순간이었다.

 승덕은 자금성이 있는 북경에서 북으로 삼십 리(약 117km) 정도 떨어져 있는 도시다.
 물산이 풍부하거나 주변에 관광지가 있는 것은 아니지만, 이 도시를 모르는 중원인들은 드물다. 이유는 이곳에 중원무림의 거파 하나가 자리를 잡고 있기 때문이다.
 하북팽가.

당금 무림에서 천하제일세가로 불리며 가장 강력한 영향력을 행사하는 그곳이 바로 이곳 숭덕에 있었다.

"흠……."

뭐가 마음에 안 드는지 벽사흔은 팽가의 정문 앞에서 한참 동안 현판을 올려다보고 있었다.

"저기… 무슨 문제라도 있으신지요?"

팽렬의 물음에 벽사흔이 고개를 저었다.

"아니다. 그냥… 현판이 조금 커 보여서."

그 말을 하며 시선을 내리는 벽사흔을 안내해 팽가의 안으로 들었다.

하지만 그들을 막는 사람은 아무도 없었다.

정문의 수문 위사도, 가끔 만나는 경비 무사도 모두 고개를 숙여 보일 뿐, 두 사람이 안쪽 깊숙이 들어올 때까지 아무도 제지를 하지 않은 것이다.

그 탓에 이번엔 벽사흔이 팽렬에게 물었다.

"원래 팽가가 이렇게 들어오기 쉬운 곳이었냐?"

"글쎄… 뭐, 어려울 건 없잖습니까."

"그래도 이건 좀……. 막는 건 둘째 치고, 어디 가냐고 묻는 사람도 없지 않냐?"

"안 그래도 되나 보죠."

황궁에서와 정반대의 상황에 두 사람은 잠시 서로를 바라보다 피식 웃었다.

"집에 돌아가면 애들한테 이렇게 하지 못하게 해라."

"아무래도 그래야 하겠네요. 이건 나쁜 마음을 먹고 들어와도 될 정도에요."

"내 말이."

그렇게 주거니 받거니 하며 안으로 들어선 두 사람의 발걸음이 멈춰진 곳은 태상가주의 거처인 건곤전(乾坤殿)의 앞이었다.

"백부님."

팽렬의 음성이 들리자마자 문이 벌컥 열리며 도왕이 얼굴을 내밀었다.

"어서 오너라. 자네도 어서 오고."

도왕의 환대를 받으며 건곤전으로 들자 안에는 다른 이들이 함께 있었다.

"안녕하셨습니까, 가주님, 대장로님?"

팽렬의 인사에 벽력도와 대장로가 긴장된 얼굴로 고개를 끄덕였다.

그런 두 사람을 도왕이 벽사흔에게 소개했다.

"내 아들일세."

"팽후철이라 합니다."

"벽사흔."

뒤가 짧은 벽사흔의 태도에도 불구하고 벽력도는 정중히 대했다.

"뵙게 되어 반갑습니다."

두 사람의 인사가 끝나자 도왕이 대장로를 바라보며 말했다.

"서로… 알지?"

"잘 지냈냐?"

벽사흔의 물음에 대장로는 마지못한 표정으로 인사를 건넸다.

"덕분에……. 어서 오시구려."

인사가 그렇게 어느 정도 마무리되자 도왕이 두 사람에게 자리를 권했다.

"앉지."

자신의 권유에 두 사람이 의자에 앉자마자 도왕이 물었다.

"어떻게… 잘… 됐나?"

잔뜩 긴장한 표정인 도왕의 물음에 벽사흔이 시큰둥하게 답했다.

"적당히."

"적당히? 적당히라니 무슨 소린 게야?"

"말 그대로 적당히야. 물건이야 손에 넣었지만 아직 거래가 성사된 건 아니니까."

"소, 손에 넣었어!"

뒷말은 들리지도 않는 모양이다. 그저 벽사흔이 그것을 손에 넣었다는 것만을 물었다.

"그래."

"보, 볼 수 있나?"

"어차피 흥정을 하자면 진위는 확인해야 하니까."

말과 함께 품을 뒤적여 비급을 내놓자 도왕이 황급히 가져다 펼쳤다.

"호오~"

처음부터 탄성이다. 그렇게 대여섯 장 정도를 봤을 때쯤 벽사흔이 비급을 낚아채 갔다.

"왜?"

"나머진 돈 내고 봐라."

얄미운 벽사흔의 말에 도왕이 툴툴거렸다.

"누가 안 줄까 봐 그래?"

"안 주면 누가 가만히 있고?"

벽사흔은 그냥 무심히 되받아친 말이었지만, 된통 당한 적이 있는 대장로는 그 말에도 흠칫거렸다.

그런 대장로를 보며 피식 웃는 벽사흔에게 도왕이 물었다.

"얼마나 받을 생각이야?"

"그걸 내가 어떻게 알아?"

"그럼 누가 아는데?"

"사는 사람이 알아야지."

벽사흔의 말에 도왕의 표정이 찌푸려졌다. 가격을 올리려는 수작이 뻔히 보였기 때문이다.

"좋아, 십만 냥 주지."

도왕의 말에 벽사흔이 두말없이 자리에서 일어섰다.

"가자."

벽사흔의 말에 팽렬이 엉거주춤 일어서며 물었다.

"왜, 왜요?"

"안 산다잖냐."

벽사흔의 말에 미간에 잔뜩 주름을 잡은 도왕이 손사래를 쳤다.

"아아, 알았어, 알았다고. 이십만 냥."

"뭐해, 앞장서지 않고."

자신의 말은 들리지도 않는다는 듯이 팽렬을 독촉하는 벽사흔에게 도왕이 외쳤다.

"삼십만 냥. 그 이상은 안 돼!"

도왕의 말에 비로소 다시 자리에 앉은 벽사흔이 진중한 표정으로 물었다.

"야, 팽."

"예, 가주님."

"왜?"

"예?"

"나 말이오?"

네 사람으로부터 각양각색의 답이 튀어나오자 벽사흔은 피식 웃었다.

"하긴 다 팽이로구먼."

"쯧, 누굴 부른 거야?"

도왕의 짜증에 벽사흔이 그를 직시하며 답했다.

"너."

벽사흔의 답에 도왕이 물었다.

"왜?"

"은하유성도, 팽가의 잃어버린 반쪽이라면서?"

"그렇지."

"그럼 내가 삼십만 냥 줄게. 팽가 나한테 팔아라."

"뭐?"

무슨 얼토당토않는 말이냐는 듯이 묻는 도왕에게 벽사흔이 답했다.

"팽가의 반쪽이 삼십만 냥이면, 나머지 반도 같은 값일 거 아니야. 그 가격이면 이걸 파느니 나머지 반을 사는 게 낫다는 이야기를 하고 싶어서 말이야."

벽사흔의 말에 거래를 주도했던 도왕은 물론이고 배석해 있던 벽력도와 대장로의 얼굴에 겸연쩍은 표정들이 떠올랐다. 벽사흔이 하고자 하는 말의 뜻을 알아들었기 때문이다.

그래서였는지 가주인 벽력도가 나섰다.

"아버님, 괜찮으시다면 소자가 거래를 맡아도 되겠습니까?"

벽력도의 말에 도왕이 고개를 끄덕였다.

시간과 능력을 맞바꾸다 • 65

"가주가 맡겠다니, 내 한시름 놓겠네."

부친의 허락에 벽력도가 벽사흔을 바라보았다.

"벽 가주님… 이렇게 불러도 되려는지 모르겠습니다만……."

"상관없어."

"그럼 그리 부르겠습니다."

"마음대로."

어깨를 으쓱여 보이는 벽사흔에게 벽력도가 말했다.

"벽 가주님의 말씀대로 은하유성도는 우리 팽가의 절반입니다. 당연히 가치는 매길 수가 없지요. 억지로 돈으로 환산한다면… 억만금을 주어도 부족할 것입니다."

"나도 양심은 있어. 억만금을 달라는 건 아니야."

벽사흔의 말에 희미하게 웃은 벽력도가 물었다.

"하면 여쭙겠습니다. 돈이 필요하십니까?"

"궁핍한 지경은 벗어났으니 돈이 그렇게 필요한 건 아닌데… 그렇다고 그냥 줄 수도 없잖아."

"물론 그야 그렇지요. 해서 드리는 말씀입니다만, 팽가에 원하시는 것이 혹시 있으십니까?"

벽력도의 물음에 벽사흔이 돌연 팽렬을 바라보았다.

"너 필요한 거 있냐?

"저, 저요?"

"그래."

"어, 없는데요."

거짓이 아니라 사실이다. 무공도 새로운 걸 배우고 있었다. 그것도 자신이 아는 팽가의 어떤 무공보다 충분히 강한 것으로 말이다.

그러니 팽가의 무공도 탐이 나지 않는다. 그렇다고 입던 옷이 필요한 것도 아니고 말이다.

"나도 없는데. 그럼… 팽가에 원하는 건 없는 것 같은데."

벽사흔의 답에 벽력도가 빙긋이 웃으며 물었다.

"이름은 어떠십니까?"

"이름?"

"예, 하북팽가의 이름 말입니다."

"현판은 조금 욕심이 나긴 하더라만… 그래도 난 진마벽가란 이름이 더 마음에 들어."

벽사흔의 엉뚱한 답에 조금 더 진한 미소를 지어 보인 벽력도가 말했다.

"그런 의미가 아니라, 팽가의 이름을 진마벽가의 이름 곁에 두겠다는 것입니다."

"곁에 둔다라……. 무슨 동맹 같은 걸 맺자는 건가?"

"예. 사람들이 흔히 그리 말하기도 하지요."

벽력도의 말에 도왕은 흥미로운 시선이 되었고, 대장로는 기대감을 가졌다.

그런 이들을 바라보며 벽사흔이 진지한 표정으로 물었다.

"진마벽가가 하북팽가의 이름이 필요할 만큼 약해 보였나?"

"너무 강해서 탈이지요."

"그런데 우리가 왜 하북팽가의 이름이 필요할 거라고 생각하지?"

"그 강함을 강호에서 인정받으시려면 오랜 시간이 필요할 테니까요. 다시 말하면, 전 지금 진마벽가에 잃어버린 시간을 찾아드리겠다고 말씀드리고 있는 것입니다."

벽력도의 말에 벽사흔의 입가로 미소가 깃들었다. 그렇게 미소를 짓는 벽사흔을 바라보며 벽력도가 물었다.

"시간도 필요 없으신 겁니까?"

"진마벽가의 강함을 증명하는 데 왜 시간이 걸릴 거라고 생각하지?"

"적어도 진마벽가의 이름 앞에 마도의 낙인을 찍으실 분처럼 보이진 않았으니까요."

강함을 증명하는 방법은 의외로 간단하다. 한다하는 문파나 강자를 사정없이 부숴 놓으면 되는 것이다. 그것도 다른 이들이 감히 범접하지 못할 정도로 뛰어난 문파나 고수를 말이다.

물론 빠르고 확실한 만큼 부작용도 있다.

멀쩡히 가만히 있는 곳을 찾아가 다 때려 부수거나 상관도 없는 고수를 반쯤 죽여 놓는 것이니, 벽력도의 말대로 세가와 자신의 이름 앞에 '마도'란 낙인이 찍히는 것은 피할 수 없는 것이다.

"흠… 아니라고는 못하겠군. 이름을 곁에 둔다. 좋아! 어떻게, 어떤 형식으로?"

벽사흔의 물음에 조금 더 밝아진 미소를 단 벽력도가 답을 이었다.

"벽 가주님이 친선 비무에서 태상가주님과 동수를 이루었다 정도의 발표도 좋고, 아니면 그냥 하북팽가와 진마벽가가 혈맹을 맺었다고 발표해도 상관이 없겠지요."

"내 이름은 빼 줬으면 좋겠군."

"하면 후자로 할까요?"

"그건 책임의 무게가 너무 무거워. 어디서 팽가가 얻어터지면 우리가 뭐 빠지게 달려가서 도와야 할 수도 있으니까."

다른 이가 저리 말했다면 도왕이 당장 이빨을 모조리 뽑아버리겠다고 달려들었겠지만, 어쩐 일인지 도왕은 조용했다.

그것이 말하는 바를 알아차린 벽력도는 애써 마음을 가라앉히며 말을 이었다.

"그럼 어찌 발표를 하길 원하시는지요?"

"그냥 적당히 잘 지낸다. 그 정도면 좋겠는데."

벽사흔의 말에 벽력도가 고개를 끄덕였다.

"하면 '하북팽가와 진마벽가가 친우의 예로 지낸다.' 정도의 발표로 할까요? 이 정도로도 효과는 충분히 있을 겁니다."

"아니."

"왜, 마음에 안 드십니까?"

"그건 아니고, '진마벽가와 하북팽가가 친우의 예로 지낸다.'로 하지."

어떤 세가의 이름이 먼저 거론되느냐, 작아 보이는 부분이지만 우습게도 생각 이상의 차이가 존재한다. 앞에 거론되는 곳이 뒤에 거론되는 곳보다 우위에 있다는 것을 뜻하기 때문이다.

그것을 지적해 내는 벽사흔의 섬세함을 벽력도는 꽤나 인상적으로 받아들이고 있었다.

"그렇게 하죠. 그럼 저희의 반쪽은……."

"여기."

미련 없이 던져 주는 은하유성도의 비급을 받아 든 벽력도가 그것을 태상가주에게 넘기고는 정중히 포권을 취해 보였다.

"하북팽가를 대표해서 감사를 드립니다, 벽 가주님."

"감사는 무슨……. 서로 거래를 한 것뿐인데, 뭐."

벽사흔의 말에 벽력도는 깊은 미소를 지어 보였다.

은하유성도의 비급을 신줏단지 모시듯이 받든 벽력도와 대장로가 나가자 팽렬도 사촌들을 만나 본다며 나갔다.

그렇게 건곤전에 둘만 남게 되자 도왕이 물었다.

"이유가 뭐라대?"

"무슨 이유?"

"널 죽이라는 이유?"

"아! 묻지 못했다."

"뭐?"

"그게… 부수입이 조금 생겼거든. 그거에 정신이 팔려서 그만."

말하면서 주섬주섬 꺼내는 전표들은 대도독이 내밀었던 전표였다. 안 받을 것처럼 이야기하더니 언제 그걸 다 챙겼던 모양이다.

"그럼 다시 가 봐야 하겠군."

"어딜?"

"이유를 알자면 대도독을 다시 만나야 할 게 아닌가?"

도왕의 물음에 벽사흔은 씁쓸한 미소를 지으며 고개를 저었다.

"구태여 묻지 않아도 어느 정도는 알아."

"안다고?"

"그래, 대충은……."

"그럼 속 시원하게 이야기 좀 해 봐. 대체 군부가 널 노리는 이유가 뭔데?"

굳이 숨겨야 할 비밀도 아니니 말해 줘도 상관없었다. 하지만 그걸 이야기하자면 진마벽가를 뛰쳐나간 이후부터 반

세기를 훌쩍 넘기는 자신의 인생 이야기를 모두 설명해야
했다.

적어도 그러고 싶진 않았다.

"그냥 그럴 일이 있어."

마치 이유를 알려 줄 것같이 하다 입을 다물어 버리니 궁
금증은 더 커졌다. 그러나 저렇게 이야기하는 이들은 결코
말을 하지 않는다는 것도 경험상 잘 알고 있었다.

결국 묻고 싶어 입만 달싹이던 도왕은 그에 대해 더 이상
묻지 않았다. 대신 한 가지 말을 사족으로 붙였다.

"무림인이 관과 엮여서 좋은 꼴 보는 걸 별로 못 봤다. 가
능하다면 거리를 둬."

도왕의 말에 피식 웃은 벽사흔이 답했다.

"가능하면."

그 말을 끝으로 도왕은 궁금증을 끊어 내 버렸다.

벽사흔이 팽가에 머무는 동안 벽력도와 합의한 발표가 나
갔다.

진마벽가와 하북팽가가 친우의 예로 지낸다.

꽤나 의미심장한 발표였지만, 대부분의 사람들은 그다지
충격을 받지 않았다. 이미 진마벽가가 하북팽가가 앞에 내

세운 어용세가라고 믿는 이들이 많았던 까닭이다.

 문제는 그런 이들의 수가 너무 많았고, 이번의 발표로 말미암아 그것이 기정사실화되었다는 것이었다.

 하지만 정작 두 당사자는 그런 사실을 제대로 인식하지 못하고 있었다.

刀帝

 운남은 문파의 각축장이라 불리는 사천만큼이나 많은 무림문파가 존재했다.

 지금까지 거대 문파의 기틀을 유지하고 있는 곳도 세 곳이나 되었고, 성세를 잃은 채 군소문파로 전락한 곳을 더하면 강호에 이름깨나 알렸던 문파의 수가 여덟 곳이나 되었다.

 그런 운남으로 유총이 들어서고 있었다.

 "이거야, 원……. 이렇게 더워서 어디 살 수가 있나."

 유총의 푸념처럼 운남은 더웠다. 거기다 산과 숲이 많은 탓인지 습도가 높았다.

 비오는 더운 여름날을 겪어 본 사람이라면 알겠지만, 그 눅눅한 느낌은 꽤나 불쾌했다.

그런 불쾌함을 참으며 걷던 유충이 도착한 곳은 석림이란 유명한 관광지였다.

길게 늘어선 객잔과 유곽들 뒤로 기괴하게 생긴 바위들이 즐비하게 늘어서, 그 이름처럼 마치 돌로 만든 숲 같았다.

하지만 지금 당장은 그런 절경이 눈에 들어오지 않을 만큼 지친 유충은 제법 깨끗해 보이는 객잔으로 먼저 들어섰다.

"어서 오십시오."

제법 싹싹하게 인사를 건네는 점소이의 안내로 바람이 잘 통하는 창가 쪽으로 자리를 잡은 유충이 파김치처럼 늘어진 채 물었다.

"더위에 지친 몸을 달래 줄 만한 게 있겠나?"

"음식은 찬 음식이라고 해 봐야 실제론 미적지근한 것이니 차라리 과일을 드십시오."

"과일?"

"예. 야자열매에 든 물이 더운 날에도 차가운 편입니다."

"그럼 그걸 좀 주게."

"예, 나리."

잠시 후, 점소이가 가져다준 야자열매의 물은 지친 더위를 달래 줄 만큼 차고 시원하진 않았으나 아쉬운 대로 몸의 열기를 식힐 만큼은 되었다.

그렇게 열기가 식자 유충은 몇 가지 음식을 시켜 먹어 체력을 보충했다.

석산 인근에서 길을 잘못 든 탓에 숲을 좀 헤맸더니 그사이 말이 독충에 쏘인 모양이었다.

 다행히 숲을 벗어나서야 말이 죽은 덕에 유충은 무사했지만, 반나절 이상을 걸어야 하는 고생을 했던 것이다.

 열기도 식히고, 허기도 적당히 면하자 유충이 점소이를 불렀다.

 "이곳에 단리세가가 있다고 들었다만… 어디로 가면 되는게냐?"

 유충의 물음에 점소이는 열심히 설명했다.

 하지만 관광객을 상대로 무수하게 많이 들어선 객잔과 유곽으로 뒤덮인 석림을 헤치고 나가 단리세가를 찾기에는 조금 부족해 보였다.

 어차피 여루가 도착한 이후에나 찾아갈 수 있기에 유충은 결국 객잔에 방을 잡았다.

 여루가 석림에 도착한 것은 유충이 객잔에 머문 지 오 일째 되는 날이었다.

 "소회주님."

 어찌 그리 잘 찾는지, 여루는 유충이 앉아 있는 객잔으로 곧바로 들어와 인사를 했다.

 "어서 와. 그나저나 갔던 일은 잘 처리된 거냐?"

 "예, 소회주님. 여기……."

 말과 함께 내미는 전표들을 확인한 유충의 입가에 만족스런 미소가 깃들었다.

"생각보다 많구나?"

"소회주님의 부탁이라고 했더니 광서 지단주가 이십만 냥을 내놓은 덕이었습니다."

"그래, 나중에 그에게 신세를 갚아야겠구나."

물론 그럴 수 있게 된다면 말이다.

"이제 말씀해 주실 수 있으시겠습니까?"

"뭘?"

"이 돈을 왜 모아 오라고 하신 건지 말입니다."

여루의 물음에 유총이 답했다.

"그때도 말했지만, 이제 곧 자연스럽게 알게 될 거야."

여전히 즉답을 피하는 유총을 불안한 시선으로 바라보았지만 더 이상 캐묻진 않았다. 말해 주기 전에 물어봐야 답을 할 사람이 아니라는 것을 알기 때문이었다.

다음 날, 다시 한 번 점소이에게 설명을 들은 대로 단리세가를 찾아 나섰다.

솔직하게 말하자면 유총은 그곳이 그곳 같고, 설명한 길이 아닌 것 같은데도 여루는 어렵지 않게 단리세가의 앞으로 유총을 안내했다.

자신들을 빤히 바라보는 단리세가의 수문 위사에게 유총이 서찰 하나를 내밀었다.

"이것을 가주께 전해 줄 수 있겠나?"

유충의 물음에 그를 슬쩍 훑어본 수문 위사가 물었다.

"어디에서 오신 누구라고 전해 드릴까요?"

여기서 별 볼일 없는 이의 이름이 튀어나오면 서찰은 가주에게까지 가지 않는다. 그걸 잘 아는 유충은 미소를 지으며 답했다.

"미래, 대륙 상회의 주인이 왔다고 전해 주면 되네."

유충의 말에 잠시 그를 바라보던 수문 위사가 문 안쪽에 있는 무사를 불러 서찰을 건네주었다. 그리고 유충이 했던 말을 그대로 전하는 것이 들렸다.

그 탓이었을까? 서찰을 건네받은 문 안쪽의 무사도 슬쩍 유충을 살피는 걸 잊지 않았다.

그렇게 서찰이 들어간 지 일각, 중년인 한 명이 아까 서찰을 가지고 간 무사와 함께 나왔다.

그를 본 수문 위사가 고개를 숙였다.

"총관님을 뵙습니다."

수문 위사의 인사에 고개를 끄덕인 총관이 여루와 서 있는 유충을 바라보며 물었다.

"서찰을 전한 이가 당신이오?"

"그렇습니다."

유충의 답에 총관이 물었다.

"미래, 대륙 상회의 주인이라고 했다던데……."

"물론 단리세가의 도움을 받는다면 그렇겠지요."

유충의 말에 그를 지그시 바라보던 총관이 물었다.

"그럴 자격은 되는 게요?"

"지금은 대륙 상회의 소회주라고 불리지요. 어떻게… 자격은 되겠습니까?"

유충의 답에 총관이 반쯤 비켜서며 말했다.

"들어오시오."

그렇게 앞서 가는 총관을 따라 유충과 여루가 단리세가의 안으로 들어섰다.

유충이 안내된 곳은 접객당이 아니라 단리세가의 심처에 있는 가주의 집무실이었다.

초면인 방문객에겐 파격적인 대우가 아닐 수 없었다.

총관의 안내에 따라 가주의 집무실로 들어서자 사각 턱에 다부진 인상의 중년인이 일어서는 것이 보였다.

그 사내의 앞으로 유충과 여루를 안내한 총관이 소개를 했다.

"세가의 가주님이시오."

총관의 소개에 유충이 공손한 자세로 포권을 취해 보였다.

"대륙 상회의 소회주인 유충입니다. 대협을 뵙게 되어 영광입니다."

"강호 동도들이 십자패도(十字覇刀)라 불러 주는 단리격이오."

 두 사람의 인사가 끝나자 여루가 포권을 취해 보였다.

 "여루입니다."

 "만나서 반갑소."

 가벼운 인사로 마무리한 단리격이 의자를 가리켰고, 사람들이 자리에 앉았다.

 "서찰이라며 온 것이 좀 의외였소만……."

 단리격의 말에 유총이 겸연쩍은 표정으로 말했다.

 "기분이 상하셨다면 정중히 사과드립니다, 대협."

 "기분이 상할 정도는 아니었소. 다만, 그 의미가 궁금했을 뿐이오. 자, 이렇게 왔으니 이것의 의미를 좀 설명해 주시겠소."

 말과 함께 단리격이 내미는 것은 어제 여루가 전달해 주었던 전표들 중 가장 큰 금액의 것이었다.

 "그 전표의 의미는 절 만나 주신 대협에 대한 제 작은 정성입니다."

 유총의 말에 한쪽 눈썹을 추어올린 단리격이 물었다.

 "지금 내가 그대를 만나 준 것만으로 금자 십만 냥을 지불하겠단 소리요?"

 "그렇습니다, 대협."

 "어디서 무슨 소리를 듣고 온지는 모르겠지만, 단리세가는 선의에 대한 모욕은 결코 참지 않소."

"모… 욕이라 생각하십니까?"

"그럼 아니라 생각하는 거요?"

"무인에겐 명예가 모든 것이듯이 상인에겐 돈이 모든 것입니다."

"돈이 상인의 모든 것이라……. 다른 상인들은 그렇게 말하지 않소만."

단리격의 말에 유충의 입가로 희미한 미소가 깃들었다.

"혹자는 신의네 뭐네 하지만, 결국 돈이 없는 상인은 존재의 가치가 없는 법이니까요."

"솔직한 거요, 아니면 정말 돈밖에 모르는 거요?"

"가능한 한 전자이고 싶으나 후자도 외면할 수는 없군요."

유충의 답에 단리격이 피식 웃었다.

"내 성격을 파악하고 벌이는 일이라면 제대로 준비한 듯싶구려. 뭐, 그것도 능력이니 뭐라 하진 않겠소."

"대협의 성품에 대해선 들은 바가 없습니다. 단지 단리세가가 가식을 싫어한다는 이야기만 얼핏 들었을 뿐입니다."

"그렇다면 다행이고. 그대가 가식 없이 이야기했다니 나도 가식을 빼고 말하리다. 문인에게 명예가 다라는 소리… 개소리요. 뒷구멍으로 호박씨도 까고, 상인만큼 돈도 밝힌다오. 그 빌어먹을 돈 없이는 세가를 유지할 수 없으니까 말이오."

"해서 제가 찾아뵈었습니다. 단리세가가 어려운 부분을 제가 돕겠습니다."

 유충의 말에 단리격이 비틀린 미소를 지었다.

 "들리는 소문에 의하면, 그쪽도 그리 좋은 상황은 아닌 듯이 보였소만."

 "소문이라고 다 진실은 아니지요."

 "하면 소문이 거짓이다?"

 단리격의 물음에 유충이 고개를 저었다.

 "아직은 사실입지요."

 "아직은……?"

 "예, 아직은 대협께서 절 돕겠다는 결정을 내리지 않으셨으니까요."

 "그 말은 내가 그대를 도우면 소문을 거짓으로 만들 수 있다… 그 말이오?"

 "그렇기에 찾아뵈었습니다."

 그리 말하는 유충의 눈을 단리격이 직시했다.

 "우리가 돕는다면… 결국은 힘을 빌려 주는 것일 터. 하지만 힘으로 모든 것이 되는 세상은 아니라오. 더구나 지금 대륙 상회가 처한 상황은 더욱더."

 "압니다."

 "한데도 우리의 힘을 원하는 이유가 있소?"

 "제게 힘이 있다면 헤쳐 나갈 방법이 있기 때문입니다."

 "힘만 있다면 방법은 있다?"

"그렇습니다. 제겐 힘이 절박하고, 단리세가는 돈이 절박하지요."

"단지 그뿐인 거요?"

다소 실망하는 기색인 단리격을 향해 유총이 말을 이었다.

"그것 이상이 필요한가요? 절박이란 것은 꽤나 특이해서 평소에는 절대로 하지 못할 일도 그것이 깃들면 아무렇지도 않게 하게 되는 것인데 말입니다."

유총의 그 말을 받은 것은 단리격이 아니라 천천히 들어서던 한 사내였다.

"좋은 비교로군."

사내의 출현에 단리격과 총관이 자리에서 일어섰다. 그 모습에 덩달아 유총과 여두도 일어날 수밖에 없었다.

"어서 오십시오, 아버님."

단리격의 말에 유총의 눈에 이채가 스쳐 지나갔다. 그런 그의 반응에 사내가 물었다.

"왜, 내가 너무 젊어 보이는가?"

"무림의 협사들께 외모를 젊게 만드는 여러 비법이 존재한다는 것은 들어 알고 있습니다."

"하면 날 보고 놀란 이유는?"

"단리세가의 가주께서 아버님이라 부를 만한 분을 제가 알고 있기 때문입니다."

"자네가 날 안다고?"

"저뿐만이 아니라 세상 사람들이 모두 알지요. 물론 도군대협께서는 저나 그들을 모르시겠지만 말입니다."

유충의 입에서 거론된 이름, '도군'을 듣는 순간 여루의 눈이 화등잔만 하게 커졌다. 지금 자신의 눈앞에 무인이라면 한 번이라도 만나길 소원한다는 강호십대고수의 일인이 서 있는 것이었기 때문이다.

그 까닭에 여루의 허리가 저절로 접혔다.

"영광입니다."

그런 여루를 일별한 도군이 유충에게 말했다.

"훌륭한 수하를 두었군."

그저 슬쩍 훑어보는 것만으로도 여루의 경지를 알아본 것이다. 한데 그런 도군의 평에 유충이 고개를 저어 보였다.

"수하가 아니라 동행입니다."

"동행?"

"예, 함께 같은 길을 걸어가는 동행이지요."

그 말에 여루는 꽤나 놀란 눈치였고, 도군은 흥미로운 시선을 보였다.

"좋은 동행을 두었군. 일단 앉을까?"

그 말과 함께 도군이 자리에 앉자 이번엔 단리격과 총관의 눈에 놀람이 떠올랐다. 근 십 년 이래 도군이 누군가와 이야기를 나누겠다고 나선 것이 처음 있는 일이었기 때문이다.

그걸 아는 걸까? 유충의 고마움이 깊었다.

"감읍할 따름입니다."

"자, 하던 이야기나 계속 나눠 보세."

도군의 말에 유총이 미소를 지으며 그가 나타나면서 중단되었던 말을 이었다.

"절박한 자들끼리 도와 보자는 것입니다. 그리되면 못할 것이 없지 않겠습니까?"

"자네 말대로 우린 절박하지. 점창도 버거운데, 최근 독문이 욱일승천의 기세를 타고 있으니까."

그 때문에 단리세가는 자신들이 가지고 있던 이권에 심각한 피해를 입었다. 자신들에게 기대던 곳들의 상당수가 점창이나 독문으로 갈아탄 까닭이다.

물론 그 이면엔 명나라의 개입이 있었다. 명으로서는 과거 대리국 왕실 인사가 세웠다는 단리세가가 자신들이 대리국을 무너트린 지금에도 무시하지 못할 무력을 가지고 있다는 것이 신경이 쓰인 까닭이었다.

정보에 밝고, 시류에 민감한 상가들이 그걸 모를 리 없었다. 곧바로 단리세가를 떠난 것이다. 그렇다고 그들 쪽에 화풀이도 하지 못한다.

점창이나 독문이 함부로 상대할 만한 곳도 아니었지만, 정작 중요한 건 운남에 주둔 중인 명군이 단리세가의 움직임에 촉각을 곤두세우고 있었기 때문이다.

"그렇다 하나 이권은 이곳 운남에만 있는 것이 아닙니다."

"그야 그렇겠지. 하지만 우리에게 기댈 만한 외지의 상가는 없다는 것이 문제겠지."

"이젠 생겼지 않습니까?"

유총의 이야기에 그를 지그시 바라보던 도군이 말을 이었다.

"자네들의 뒤엔 팽가가 있다고 알고 있는데."

"팽가는 절박하지 않습니다. 우리를 위해 위험을 무릅쓸 필요가 없는 이유입니다."

"위험하다라……. 좋아, 팽가가 정리된다면 우리가 돕지."

도군의 말에 유총이 미소를 지었다.

"팽가를 정리하기 전에 도움을 줄 곳을 찾은 겁니다. 그리고 전 단리세가가 그럴 수 있을 것이라고 믿고 왔습니다. 그만큼 대가도 큽니다. 그런 큰 대가를 지불할 정도로 우린 절박합니다."

"절박이라……. 얼마나 절박한가?"

"자칫하면 두 눈 버젓이 뜨고 가문의 기반을 빼앗길 상황입니다."

유총의 말에 도군이 고개를 끄덕였다.

"서로의 상황이 비슷하군. 좋아, 우린 그 절박함을 타파하기 위해선 무엇이라도 할 수 있네. 하지만 자네가 말했듯이 대가는 클 거야."

"죽다 살아나는 일입니다. 그만한 대가는 치를 수 있습니다. 그리고… 우린 단리세가를 운남 제일의 문파로 성장시킬 정도의 자금을 충분히 감당할 수 있습니다."

유총이 말에 도군의 입가로 만족한 미소가 그려졌다.

"좋아, 서로의 각오가 같고, 생각도 일치하니 우리도 동행이 될 가능성은 있겠어."

도군의 말에 유총이 품속에서 전표 다발과 몇 가지의 서류를 꺼내 단리격의 앞에 내놓았다.

"무슨 뜻이오?"

단리격의 물음에 유총이 답했다.

"그 가능성에 대한 투자입니다."

"난 가능성을 입에 담은 적이 없소."

"압니다. 하지만 결정은 가주이신 대협께서 하시겠지요."

천하의 도군을 앞에 두고 그 아들에게 네가 실권자라고 말하고 있는 것이었다. 그 모습에 도군이 크게 웃었다.

"크하하하하!"

부친의 웃음소리에 슬쩍 그를 일별하고는 단리격이 말했다.

"투자는 언제나 손해를 담보한다는 것을 아시오?"

"상가의 자식이 어찌 모르겠습니까?"

"하면 잘못되었을 때 살아 나갈 구멍 정도는 파 놓았을 것이라 믿어도 되겠소?"

단리격의 물음에 유총은 조금 전보다 더 진한 미소를 지었다.

"이번 투자가 실패하면 다음 투자는 염라대왕에게 해 보려 합니다."

그 말에 단리격은 눈매가 가늘어졌고, 도군은 다시 한 번 대소를 터트렸다.

"크하하하!"

한참 동안 이어지던 도군의 대소가 잦아들자 단리격이 물었다.

"어디 그대가 목숨을 걸어야 할 만큼 절박한 투자에 대해 들어 봅시다."

"금액은 확인도 하지 않으시는 겁니까?"

"계약금에 눈이 팔릴 정도로 아둔한 사람들은 아니라오."

그 말 한마디로 유충이 내놓은 금자 육십육만 냥이 단순히 계약금이 되어 버렸다. 그럼에도 유충은 놀라거나 당황하지 않았다.

"대협께서 상인으로 나가셨다면 이미 그쪽으로도 일가를 이루셨을 듯합니다."

"칭찬으로 들으리다."

"칭찬이 아니라 탄복이었습니다. 이리 쉽게 금자 육십육만 냥이 계약금이 되리라곤 생각지 못했으니 말입니다."

유충의 말에 단리격과 도군, 그리고 총관의 눈가가 파르르 떨렸다. 설마하니 그만한 돈을 내놓았으리라고 생각해 보지 않았던 것이다.

"아무래도 난 상가 쪽은 아니 될 듯하오."
"왜 그렇게 생각하십니까?"
유총의 물음에 단리격이 미소를 지었다.
"우리 세가의 가솔 중 누군가가 거래를 위해 다른 곳에 육십육만 냥의 금자를 내놓겠다고 하면 그놈의 손모가지를 잘라 버릴 것 같기 때문이오."
"다행입니다. 대협의 무사가 아니라 제 손이라서 말입니다."
자신도 같은 가족이니 자신의 손을 자르라는 말이다. 그 말에 이번엔 단리격이 웃었다.
"으하하하하. 가족이라……. 단리는 가족을 배신하지 않지. 설사 그가 악마라 해도 말이야. 아니 그렇습니까, 아버님?"
단리격의 물음에 도군이 고개를 끄덕였다.
"두말하면 입 아프지."
그렇게 숭덕에서 벌어진 것과는 또 다른 거래가 석림에서 이루어지고 있었다.

† † †

중원엔 이름만 대면 알 만한 자객 집단이 여러 곳 존재한다. 그중에서 제일을 꼽으라면 대부분의 사람은 서슴없이 살막(殺幕)을 지목한다.

규모도 중원 제일이고, 살수들의 실력도 가히 최고라 말할 수 있었다.

하지만 최고의 자객을 물으면 답은 달라진다.

이 경우 사람들은 하나의 이름을 댄다. 예인(藝人).

얼굴도 알려진 것이 없고, 키나 외형, 나이는 물론이고 심지어 성별조차 아는 사람이 없다. 그것은 그와 자객과 목표 사이로 만나서 살아남은 이가 아무도 없기 때문이다.

검은 그림자가 달빛 아래를 달렸다.

사뿐.

고양이보다 더 가볍게 담장 위로 올라선 그림자가 낮게 엎드렸다. 바로 곁을 지나가는 경비 무사는 입체감이 없는 그림자를 인식하지 못했다.

경비 무사가 지나가자 그림자가 다시 달리기 시작했다.

폴짝.

개구리보다 높게 훌쩍 지붕 위로 올라선 그림자가 전각의 지붕들을 타고 안으로, 안으로 달렸다.

목표 전각에 도착한 그림자가 지붕 위의 기와들을 조심스럽게 걷어 냈다. 걷어 낸 기와의 수는 넉 장.

사람이 통과할 수 있을까 싶은 구멍이 생기고, 그곳으로 그림자가 스며들어 갔다.

드르렁, 드르렁.

규칙적인 코골이.

목표가 코를 골 경우엔 잠을 자는지, 자는 척만 하는 것인지 구별하기가 굉장히 수월하다. 이번의 목표는 정말 세상 모르고 잠들어 있었다.

이번 의뢰인의 요구는 흔적을 남기지 않는 것이다. 그림자가 올라선 대들보에서 목표가 잠든 침상까지 가느다란 실이 떨어졌다.

핑-

바늘 떨어지는 소리보다 작은 소음이 울렸다. 실 끝에 달린 작은 구슬의 힘으로 실이 팽팽하게 서는 소리였다.

일반인이라면 귀가 아무리 밝아도, 잠을 자지 않아도 구별하기 어려울 만큼 작은 소리다.

하지만 그렇다고 해도 무인을 상대로는 쓰지 않는다. 그들의 청각은 사람의 한계를 뛰어넘기 때문이다. 아니, 굳이 소리가 아니어도 이 정도의 움직임은 감으로도 잡아낸다.

그러나 다행히 이번 목표는 일반인이다. 무공은 둘째 치고, 육체 운동도 제대로 해 본 적이 없다.

팽팽히 늘어진 실이 한껏 벌어진 목표의 입 위에 자리를 잡았다.

작은 옥병이 열리고 미세한 기울임을 따라 물방울 하나가 실을 타고 내려간다.

독? 아니다. 흔적을 남기지 말라는데 독 따위를 쓸 정도로 무지하지 않다.

지금 내려가는 물방울의 정체는 물이다.

물론 그냥 물은 아니다. 정식 이름은 중수(重水), 어떻게 생성되는지는 몰라도 깊은 동굴에서 가끔 발견되는 기물이다.

물은 물인데, 물보다 무거운 물이다.

거기다 점성이 강해 아교처럼 늘어지는 성격도 있다. 다만, 옥병에 담아 공기와 차단시켜 놓으면 점성은 사라진다.

반대로 옥병을 나와 공기 중에 노출되면 점성은 천천히 나타나다 어느 순간 아교처럼 강하게 달라붙는다.

그때까지의 시간은 대략 긴 한숨 한 번 내쉴 정도로 짧다.

그리고 일각, 일각이 지나면 점성은 사라지고 중수의 성격도 없어진다. 그냥 일반적인 물로 돌아가는 것이다.

중수를 사용했다는 흔적이 남지 않는 것이다. 때문에 간혹 고도로 훈련된 살수들이 목표물의 목에 흘려 넣어 기도를 막아 질식사시킬 때 쓰는 물건이다.

그리고 지금 그림자도 그 이유로 선택한 것이었다.

실을 따라 내려가는 물방울이 입으로부터 한 뼘 정도를 남겨 두었을 때였다.

갑자기 중수를 매단 실이 끊어져 날아갔다. 그리고…

쐐에에엑-

뒤늦게 파공성이 딸려 왔다. 그 말은 실을 끊은 무언가의 속도가 소리의 그것보다 빠르다는 것을 의미했다.

그런 일은 사람으로서는 만들 수 없는 일이다. 다만, 사람의 범주를 초월한 이들은 간혹 가능하기도 하다.

사람의 범주를 초월한 이들, 그래서 강호에선 그들을 초인이라 부른다. 다른 말로는 화경과 현경이라 부르기도 한다.

상황이 이해되고, 상대의 경지를 예측하자마자 그림자가 들어왔던 구멍으로 빠져나갔다.

쾅-

그림자가 빠져나가는 것과 동시에 지붕의 절반이 방 안으로부터 날아오른 무언가에 왕창 뜯겨 나갔다.

기겁을 하며 사내가 잠에서 깨어나기도 전에 누군가가 그렇게 뜯겨 나간 지붕으로 솟구쳐 올랐다.

"빠르군."

흐릿흐릿한 기운이 벌써 담장 근처다. 두 번 세 번 생각할 것 없이 솟아오른 비도가 공간을 가르며 빨랫줄처럼 뻗어 나갔다.

그리고 파공성이 그 뒤를 정신없이 쫓아갔다.

쇄에에에엑-

피륙-

작지만 피가 튀었다. 그러나 척살은 실패다.

놈은 빠져나갔다. 천하의 도군이 두 눈을 부릅뜨고 있는 코앞에서.

"동행인이 싫어하겠군."

도군의 입에서 흘러나온 음성엔 씁쓸함이 묻어났다.

 간밤에 일어난 자객 사건으로 대륙 상회 전체가 떠들썩했다.
 여전히 감찰 중이던 도찰원의 어사들과 관리들이 머쓱한 표정으로 대륙 상회를 돌아다니며 자객에 대한 증거를 수집한다고 법석을 떨었다.
 감히 도찰원의 관리가 상주하는 곳에 자객이 든 것이다. 한마디로 도찰원의 권위가 땅바닥에 떨어졌다.
 감찰대의 지휘자인 우첨도어사의 성화로 호광제형안찰사사(湖廣提刑按察使司)의 무장포교(武裝捕校)들이 몰려와 범인을 잡겠다고 소란을 떨었다.
 그런 소란 속에 간신히 살아남은 대륙 상회의 회주 유평이 생명의 은인인 도군을 극진히 대접하고 있었다.

"총이 놈이 대협을 보냈단 말씀입니까?"

"그렇소."

"그, 그놈이 무슨 능력으로……"

 황제가 가라고 해도 움직이지 않을 사람들이 바로 강호십대고수다. 그런데 자신의 목숨을 지켜 달라며 그런 이를 유총이 보냈다니 믿기지 않았던 것이다.

"거래를 했소. 내가 이야기해 줄 수 있는 것은 이것뿐이오. 나머지는 소회주에게 직접 들으시구려."

 도군이 그 말을 끝으로 입을 다무니 유평으로서는 그에게서 더 이상의 정보를 얻을 수 없었다.

 하지만 유평의 머리는 나쁘지 않았다. 아니, 소싯적엔 천재란 소리를 들으며 자란 유평이다. 그런 그가 요사이 자신의 주변에서 벌어지는 일들을 눈치채지 못했을 리가 없었다.

 그럼에도 행동할 수 없었던 것은 자신을 겨눈 창이 너무 날카로웠고, 그 창대를 같이 잡고 있는 내부인이 정확히 누구인지 몰랐던 까닭이다.

 그런 상황에서 암습을 받았다. 그것도 방지평의 뛰어난 고수들이 버젓이 눈을 뜨고 방문 앞을 지키는 상태에서 말이다.

 도군이 아니었다면 꼼짝없이 죽임을 당할 뻔했다.

 엉뚱한 일을 잘 벌이긴 했지만, 장남인 유총의 머리는 역시 유평, 자신보다는 낫다는 생각이 들었다.

그런 아들이 단리세가의 태상가주인 도군을 보냈다. 그 이야기는 유총이 팽가가 아닌 단리세가라는 패를 써야만 이 난세를 극복할 수 있다고 믿었다는 것을 뜻했다.

조금 성급한 면이 보이긴 했지만, 유평은 아들의 결정을 밀어주기로 했다. 적어도 그 덕에 살아난 목숨이었기 때문이다.

대륙 상회에 자객이 들었다는 소문이 퍼져 나갔다. 사람들의 시선이 대륙 상회로 몰리는 것은 당연한 일이었다.

그런 와중에 그간 대륙 상회의 감찰 과정에서 밝혀진 비리들이 모조리 공개되기 시작했다.

공개된 내용을 접한 호부와 공부가 직접 조사에 착수했고, 담당 형옥 기관인 호광제형안찰사사의 수사도 함께 시작되었다.

호부와 공부의 관리들이 호광제형안찰사사의 수사포교(搜查捕校)들과 함께 그간 도찰원의 관리들이 뒤졌던 대륙 상회를 모조리 다시 뒤졌다.

뿐만 아니라 그 비리에 연관된 수십 곳의 상가들에 해당 지역 제형안찰사사의 수사포교를 동반한 호부와 공부의 관리들이 들이닥쳤다.

자라 보고 놀란 가슴 솥뚜껑 보고도 놀란다는 말이 있다.

벌집을 쑤셔 놓은 것 같은 대륙 상회와 그들과 연을 맺고 있던 중소상가들에 줄줄이 조사가 들이닥치는 것을 보고 있던 다른 대형 상가들이 지레 겁을 먹고 움직이기 시작했다.
 그들이 가장 먼저 한 일은 이번 일이 시작된 곳에 구명을 하는 것이었다.
 호부상서를 대동한 대형 상가의 주인들이 신국공의 사저를 문턱이 닳도록 다닌 것도 바로 이 시기였다.
 며칠 후, 신국공이 황제를 독대했다. 그리고 태자가 황제로부터 된서리를 맞았다.
 "짐이 네게 민생을 살피라 하였지, 민생을 뒤집어엎으라 한 적이 있더냐?"
 부황의 성난 물음에 태자는 아무 소리도 하지 못했다. 이번 일이 자신이 수장으로 있는 도찰원에서 비롯된 일이었기 때문이다.
 "수습을 해 보겠나이다, 폐하."
 "수습이란 손을 대어 회복이 가능할 때나 쓰는 말이다. 손을 쓸 수 없을 지경에 이르면 어찌해야 할 것 같으냐?"
 부황의 물음에 태자가 참담한 음성으로 답했다.
 "더, 덮어야 하옵니다."
 "안다니 더 이상은 왈가불가하지 않으마. 물러가라."
 태화전을 물러 나온 태자가 갈 곳은 한 곳뿐이었다.

쾅—

"우도어사, 이러려고 내게 한 달의 말미를 더 달라고 했던 게요?"

성이 날 대로 난 태자의 호통에 우도어사는 고개조차 들지 못했다.

지난 조회 때, 대륙 상회의 일을 다시 거론하는 태자를 설득해 한 달의 시간을 더 얻었던 것인데, 마치 계획이라도 한 것처럼 한 달을 꽉 채운 마지막 날에 사고가 터지기 시작한 것이었다.

"뭐라고 말이라도 해 보시오!"

태자의 호통에 우도어사는 고개도 들지 못한 채 말했다.

"송구합니다, 전하."

그가 할 수 있는 말은 그것뿐이었다. 하지만 다행히 그 말이 효과를 보았는지 한참을 씩씩거리던 태자의 표정이 조금은 누그러졌다.

"우도어사."

"예, 태자 전하."

"이번 일을 가능한 한 최소의 피해로 덮으시오. 제대로 수습이 될 것 같지 않다면… 아예 대륙 상회까지도 손을 대지 마시오."

"하, 하오나……."

쾅—

인연이 시작되다 • 105

"벼룩 잡다 초가삼간 다 태운다는 말을 상기하라 그 말이외다! 기껏 상가의 비리 몇 개 잡겠다고 대명의 상계를 뿌리째 흔들지는 말라는 것이오. 비리의 온상이든 탈법의 소굴이든, 그들이 있어야 백성들이 먹고살 게 아니냔 것이오. 경은 내 말을 알아듣겠소?"

서슬이 퍼런 태자의 호통에 우도어사가 할 수 있는 답은 하나뿐이었다.

"아, 알겠사옵니다, 전하."

"그리고 이번 감찰의 책임자인 우첨도어사를 파직하시오."

"저, 전하, 그는 직무를 충실히 한 죄밖에 없나이다. 통촉하여 주시옵소서."

쾅쾅쾅-

"도대체 얼마나 직무를 충실히 했기에 도찰원의 감찰 결과가 만천하에 까발려진 게요?"

"그, 그것은……."

쾅-!

"아랫사람들을 팔려면 경도 사직서를 내시오. 아랫사람을 뽑고 그들을 부리는 것이 바로 우도어사인 경의 소임이오. 그 소임을 다하지 못하였으면서 누굴 탓한단 말이오!"

"저, 전하……."

태자의 연이은 강경 발언에 우도어사는 그저 전하를 반복하여 외칠 뿐이었다. 그런 우도어사의 모습이 보기 싫었는지 태자가 도찰원을 박차고 나가 버렸다.

† † †

 황궁과 상가들이 모두 혼란스러운 그때, 벽사흔은 팽렬과 계림으로 돌아가기 위해 팽가를 나서고 있었다. 그러다 보니 자연스레 소문을 듣게 되었다.
"이러다 돈줄 끊기는 거 아닌지 모르겠다."
 진마벽가에서 가장 많은 이권을 제공하는 곳이 바로 대륙상회였기 때문이다.
 그곳에서 받는 돈이 자그마치 금자 사만 냥이다. 그게 끊기면… 벽갈평의 한숨 소리를 다시 들어야 할 수도 있었다.
 그건 결코 바라지 않는 상황이었다.
"대륙 상회의 본회가 어디에 있다고 했지?"
 벽사흔의 물음에 팽렬이 답했다.
"호광성 무창에 있습니다."
"내려갈 때, 그곳을 잠시 들렀다 가자."
"예. 한데 무슨 일로……?"
"회주가 죽을 뻔했다잖냐. 가서 살펴봐야지."
"어차피 우리가 보호하기로 한 건 광서 아닙니까? 호광에서 사고가 났으면 그건 그쪽을 책임지기로 한 놈들이 가 봐야죠."

그때였다. 뒤에서 꽤나 귀에 익은 음성이 들려온 것은.

"그래서 지금 그놈들이 가고 있지 않느냐."

놀란 팽렬이 뒤를 돌아보았다.

"배, 백부님."

"여어, 팽."

"쯧, 그렇게 부르지 말라는데도."

도왕의 불퉁거림에 그저 피식 웃어 보인 벽사흔이 물었다.

"팽 전주 말대로 호광에서 사고가 났는데 왜 네들이 가?"

"호광의 북쪽은 무당이 맡지만 남쪽은 우리 관할이야."

"그럼 네들 똥 밟은 거네."

"똥은 무슨······."

도왕은 부정했지만 실제로는 벽사흔의 말처럼 똥 밟은 기분이었다.

흉수나 그 배후가 누군지는 모르지만 팽가의 보호를 받는 것을 버젓이 알면서 손을 댔다는 것은 팽가에 대한 도전이나 마찬가지였다.

그것이 장로도 아니고 도왕이 직접 나서게 된 원인이었다. 물론 단리세가의 도군이 나와 있다는 것도 어느 정도 작용하기도 했지만 말이다.

그렇게 벽사흔을 비롯한 이들이 무창을 향해 빠른 속도로 이동했다.

벽사흔을 비롯한 이들이 무창에 도착한 것은 회주에 대한 자객행이 벌어진 지 십여 일 만이었다.

 그에 대해 이미 호광제형안찰사사의 무장포교들이 샅샅이 뒤지고 조사한 연후였지만, 자객이 암살 시도 중 실패하고 도주했다는 뻔한 결론만 남기고 철수한 상태였다.

 그런 상황에서 도착한 이들은 홀대를 넘어 무시를 받고 있었다.

 진마벽가의 가주와 하북팽가의 태상가주가 방문했다는 것을 알면서도 대륙 상회의 회주는 그들을 접빈각에 두고 벌써 한 시진째 코빼기도 보이지 않았던 것이다.

 팽렬과 도왕을 따라온 팽가의 장로들이 붉으락푸르락했지만 정작 당사자인 벽사흔과 도왕은 담담한 표정이었다.

 결국 회주인 유평이 접빈각에 모습을 드러낸 것은 두 시진을 조금 남겨 둔 때였다.

 "어이구… 송구합니다, 팽 대협. 무창부의 지부(知府:정4품 관리) 대인이 방문한 탓에……. 이해하시리라 믿습니다."

 차라리 몸이 아파 늦었다는 말이 더 나았을 뻔했다. 지금 말대로라면 도왕이 무창부의 지부보다 못한 사람이 되어 버렸기 때문이다.

 거기다 양해를 구한다는 사람의 말끝이 이해하리라 믿는단다. 결례도 이만저만이 아니었다.

 그래도 도왕은 양반이다. 벽사흔은 알은체도 안 했으니 말이다.

"몸은 괜찮으시오, 유 회주?"

"예, 여러분들이 걱정해 주시는 덕에… 아! 그러고 보니 인사들을 아직 안 하셨군요. 이미 아시겠지만 단리세가의 태상가주이신 도군 대협이십니다. 제 생명의 은인이시지요."

"오랜만이오, 팽 대협."

"그렇군. 오랜만일세."

두 사람의 대화가 애매하다.

도군 쪽이 올려 주는 느낌은 있는데, 그게 또 딱히 공대라고 할 수준은 아니다. 그에 반해 도왕은 완전히 도군을 아랫사람 대하듯 했다.

묘한 알력이 발생하는 가운데 인사는 그것으로 끝났다. 벽사흔을 소개시키고 말고 할 것도 없이 도왕과 간단한 수인사만 나눈 유평은 급한 일이 있다며 다시 나가 버렸다.

물론 도군은 당연하다는 듯이 그의 곁을 따라 나갔다.

그 모습을 유심히 살피던 팽가의 장로 하나가 조심스럽게 입을 열었다.

"아무래도 대륙 상회는 말을 갈아탈 모양입니다, 태상가주님."

장로의 말에 도왕도 고개를 끄덕였다.

"그럴 모양이로군."

"하면 차라리 그냥 돌아가시지요."

자존심이 상했는지 귀환을 권하는 장로에게 도왕이 고개를 저어 보였다.

"세가의 이권이 걸린 일일세. 기분만으로 결정할 일은 아니지. 정확한 답은 듣고 가야 할 듯하네."

도왕의 말이 옳았기에 돌아가자고 했던 장로는 입을 다물었다.

그 두 사람의 이야기를 듣고 있는 벽사흔의 표정은 가히 좋지 않았다. 아무래도 벽갈평의 한숨 소리를 다시 들어야 할 처지인 듯싶었기 때문이다.

결국 그날 하루 온종일 접빈각에서 기다리던 일행은 해가 지고서야 숙소로 안내되었다.

귀빈실이라고 내어 주었지만 별채 하나를 통째로 쓴다는 도군에 비하면 객잔처럼 작은 방 여러 개가 모여 있는 전각에서 방 한 개씩을 배정받은 일행은 분명 차별 대우를 받고 있는 셈이었다.

† † †

그날 밤, 먼 길을 온 회포를 풀어 주겠다며 열린 술자리엔 회주인 유평이 아니라 도군이 주최자의 자격으로 나와 있었다.

그렇지 않아도 구겨져 있던 팽가와 벽가의 자존심은 구석

인연이 시작되다 • 111

에 처박혔다.

 그것을 아는지 모르는지, 도군은 연신 웃어 가며 도왕과 일행들을 대했다.

 "그나저나 다른 이들은 인사도 나누지 못했구려. 혹 수행원들이시오?"

 도군의 말에 모든 이들이 도왕의 수행원으로 떨어졌다. 팽렬이야 장로들과 함께 도매급으로 넘어가더라도 상관없겠지만, 벽사흔이 그 안에 끼어 있다는 것이 문제였다.

 그 탓에 도왕이 탐탁지 않은 표정으로 소개를 했다.

 "다른 사람은 그렇지만 이 사람은 아닐세. 이 친구는 진마벽가의 가주인······."

 도군이 중간에 자르고 들어온 까닭에 소개는 다 이루어지지도 못했다.

 "아! 자네가 그 말 많은 진마벽가의 신출내기 가주로군. 반갑네. 나, 단리성일세."

 제법 반갑게 인사를 하는 것까지는 좋았는데, 도군은 벽사흔을 완전히 아랫사람으로 대했다.

 문제는 벽사흔이 세상을 살아가는 데 자신만의 잣대를 가지고 산다는 것이었다. 강자와 약자의 구분이 그랬듯이 윗사람과 아랫사람의 구분을 짓는 것도 그랬다.

 벽사흔에게 윗사람은 한 가지의 경우다. 자신보다 강자일 것. 대신 아랫사람과 친구를 정하는 것은 자기 마음이다. 자신보다 약자이지만 마음에 들면 친구고, 아니면 아랫사람인 것이다.

물론 예외는 존재한다. 일가친척처럼 인간의 도리로 이미 그 서열이 정해진 경우다. 그리고 또 하나, 황제가 이 안에 포함된다.

나머진 얄짤없다.

오죽하면 태자조차 부모 덕에 벼락출세한 어린놈의 새끼라고 단정 짓는 것이 벽사흔이다. 그러니 나머지야 말할 건더기가 없다.

아! 그리고 또 하나, 약자가 분명한데 기어오르는 것도 벽사흔이 제일 싫어하는 부류다. 이 경우엔 가차 없다.

퍽-!

냅다 내지른 발에 얻어맞은 도군의 등이 새우처럼 굽었다. 숨이 안 쉬어지고 지독한 통증이 몰려왔기 때문이다.

빡-

뒤통수에 통렬한 고통과 함께 눈앞에서 별이 번쩍였다. 그리고… 암흑이 찾아왔다.

단 두 방에 도군을 침몰시킨 벽사흔에게 도왕이 핀잔을 주었다.

"어허, 그 친구 좀 참지……. 애를 이 모양으로 만들면 어찌하누."

말은 손을 과하게 썼다는 힐책인데 얼굴은 좋아 죽겠다는 표정이 역력했다. 그렇게 벽사흔과 도군은 첫 만남부터 틀어지고 있었다.

 다음 날, 도왕이 반 강제로 유평을 면담했다.

 호위 무사들을 힘으로 누르고 회주의 집무실로 들어섰던 것이다.

 무슨 이유에서인지 도군이 두문불출이라 힘을 빌릴 수 없었던 유평은 도왕과 이야기를 나누었다.

 결과는 만남의 방법만큼이나 좋지 않았다.

 전날 팽가 장로의 예감처럼 유평은 하북팽가가 대륙 상회와 맺은 보호의 임무를 제대로 수행하지 못했다는 조건을 내세워 계약을 파기했다.

 대신 대륙 상회는 단리세가를 새로운 보호 문파로 지목했다.

 그 말을 들은 도왕이 유평의 목을 비틀려는 것을 장로들이 달려들어 간신히 뜯어말렸다. 회주가 자객행에 노출될 때까지 보호의 책임을 다하지 못한 귀책사유가 분명 자신들에게 있는 이상 계약의 파기는 정당한 것이라는 판단 때문이었다.

 장로들에 둘러싸인 도왕이 끌려 나가듯이 물러나자 곧바로 일행 전체에 대한 축객령이 떨어졌다.

 그 탓에 벽사흔은 유평과 말 한마디 나누어 보지 못하고 대륙 상회를 나서야 했다.

대륙 상회를 나선 도왕은 장로들을 이끌고 급히 숭덕으로 귀환했다. 가장 큰 이권을 상실한 셈이었기에 대책이 필요한 까닭이었다.

반대로 벽사흔은 천천히 계림으로 남하했다. 대륙 상회의 이권을 단리세가에 빼앗겼다고 벽갈평에게 말해야 하는 것을 뒤로 미루고 싶었기 때문이다.

그렇게 걸어가는 벽사흔의 머리는 복잡했다. 지금부터 다시 돈을 벌 수단을 강구해야만 하는 상황에 처한 탓이었다.

그렇게 걷다 보니 해가 저물고 어두워져 오고 있었다.

"경공으로 서두르면 마을에서 쉴 수 있을 것입니다, 가주님."

팽렬의 권유에 벽사흔이 고개를 저었다.

"귀찮다. 그냥 노숙한다."

"예……."

노숙을 택하면 벽사흔은 별로 안 힘들지 몰라도, 팽렬은 일거리가 늘어난다. 식사 준비부터 잠자리 준비까지 모두 자신의 차지였기 때문이다.

산자락에 적당한 공터를 찾자 벽사흔과 팽렬은 그곳에서 노숙하기로 하고 주저앉았다.

주변에서 나뭇가지를 주워 와 모닥불을 피운 팽렬이 저만치 나무에 기대앉아 있는 벽사흔에게 물었다.

"그럼 이제 사만 냥은 날아가는 겁니까?"
"그래."
"녹봉은… 물 건너가는 거네요."

지난달에 처음으로 벽가의 무사들이 녹봉을 받았다. 대부분은 태어나서 처음 받아 보는 것이었다.

물론 팽렬은 아니다. 팽가에서는 장로란 직책 덕에 꽤 많은 녹봉을 받았었다.

하지만 이번에 받은 녹봉은 팽렬에게 평소와는 다른 느낌을 주었다. 작은 설렘에 알 수 없는 뿌듯함까지.

칼 든 무사에게 녹봉은 삶의 의의라던 벽사흔의 논리를 어느 정도는 이해할 수 있을 것도 같았다.

한데, 이제 그게 다시 날아가게 생겼다.

안 받을 때는 그저 그러려니 해서 몰랐는데, 받다 못 받는다니까 괜히 빼앗기는 것 같아 기분이 별로 좋지 못했다.

"다른 데 찾아봐야지."
"상가요?"
"그래."
"보호 문파 없는 상가는 없을 걸요."

팽렬의 말에 벽사흔은 답이 없었다. 그렇게 산자락의 밤이 깊어 갔다.

† † †

도군이 정신을 차린 것은 도왕과 벽사흔이 축객령을 받고 대륙 상회 본회를 나선 지 반나절 후였다.

 그는 정신을 차리자마자 유평에게 달려갔다. 자신을 기절시킨 이상 유평의 신변이 위협을 받았을 것이란 생각 때문이었다.

 하지만 그의 예상과는 달리 유평은 무사했다.

 "어디 갔다 이제 오시는 겁니까?"

 유평의 불만에 도군은 아무 말도 할 수 없었다. 가장 중요한 순간에 자신이 자리를 지키지 못한 까닭이었다.

 그렇다고 전후 사정을 모두 사실대로 말할 생각은 없었다. 천하의 도군이 시골 촌구석의 세가주에게 얻어맞고 기절했다고는 차마 이야기하고 싶지 않았기 때문이다.

 "미안하오. 그럴 만한 사정이 있었소. 한데 어떻게… 그들이 아무 짓도 하지 않았소?"

 "뭐, 도왕이 조금 발작을 하긴 했습니다만, 장로들이 말리더군요. 그들도 자신들의 귀책사유가 있는 이상 어쩔 수 없었을 것입니다."

 "도왕이……. 하면 진마벽가의 가주는 어땠소?"

 자신이 겪어 본 그의 성격대로라면 절대로 무사할 수 없었을 터인데도 유평이 멀쩡해 보인 까닭에 묻는 것이었다.

 "그는 만나 보지 않았습니다."

 "만나… 보지 않았다고? 정말이오?"

인연이 시작되다 • 117

"예. 도왕을 만나 연후 그 일행에 대해 축객령을 내렸더니 두말없이 나갔습니다만… 왜 그에게 관심을 가지시는지……?"

"아! 그, 그냥 요사이 욱일승천의 기세를 가지고 있다기에 궁금해서 그랬소."

"그 욱일승천의 기세가 팽가에 기댄 것이 아니겠습니까? 이제 팽가가 이권을 잃었으니 당분간 힘을 쓰지 못할 것입니다."

도왕과 그가 함께 움직였으니 틀린 평가는 아닌 듯한데, 왠지 볼일 보고 뒤를 안 닦은 듯 불안했다.

이유는 그가 짐작한 벽사흔의 경지 때문이다. 자신이 그렇게 맥없이 당한 이상 상대는 최소 자신과 동급이거나, 아니면 그 이상이다.

그 말은 상대가 화경의 극의이거나 현경에 도달한 초인이라는 의미였다. 그것은 팽가에 도왕이 두 명이 되었다는 의미와도 같았다.

"괜찮을까……?"

도군의 중얼거림을 제대로 알아듣지 못한 유평이 물었.

"뭐라 하셨습니까?"

"아, 아니오. 잘 처리되어 다행이라고 했소."

"예, 천만다행이었지요. 하니 앞으로 조금 더 부탁드리겠습니다."

유평의 말에 도군이 고개를 끄덕였다.

† † † †

 벽사흔에게 은하유성도의 비급을 상납(?)한 대도독부로 그들이 제시한 조건을 거절한다는 팽가의 정식 통보가 날아든 것은 벽사흔이 황궁을 다녀간 지 열흘 만이었다.
"이제 어찌하실 생각이십니까?"
 부대도독의 물음에 한참 동안 생각에 잠겨 있던 대도독이 입을 열었다.
"자… 객을 써 볼까 하오."
"자객… 문관 나부랭이들이나 하는 짓을 벌이잔 말씀이십니까?"
"아니면 달리 방법이 있는 게요?"
 대도독의 물음에 부대도독의 입이 다물렸다. 그가 입을 다물자 대도독부의 다른 노장수들은 더 이상 반대하지 않았다.
"그럼 그리하는 것으로 결정합시다."
"어디에 맡기실 생각이십니까?"
 부대도독의 물음에 대도독이 물었다.
"어디가 제일 낫답디까?"
"소문으론 자객교가 괜찮다던데……."
 부대도독의 말에 다른 노장수가 고개를 저었다.
"그들은 더 이상 보이지 않는다고 들었습니다."

인연이 시작되다 • 119

"더 이상 안 보여요?"

"예. 장사를 접었다고 하던가? 혈겁에 휩싸였다던가? 하여간 사라진 것만은 분명합니다."

"그럼 어디가 좋겠습니까?"

부대도독의 물음에 상장군 한 명이 입을 열었다.

"살막이 어떨까 싶습니다."

"살막?"

"얼핏 병부우시랑(兵部右侍郎:정3품 무관)이 중군도독부 도독장관(都督將官:정4품 무관)으로 있을 때, 그쪽을 통해 적장을 제거한 적이 있다는 소리를 들은 적이 있습니다."

"그럼 상장군이 병부우시랑을 만나 그들과 접촉할 수 있는 방법을 좀 알아 오시오."

대도독의 말에 상장군이 불안한 표정을 지었다.

"괜한 소문이라도 도는 건 아닌지 모르겠습니다."

"지금은 소문이 문제가 아니질 않소이까?"

"하아… 어쩌다 이리되었는지……. 알겠습니다. 소장이 병부우시랑을 만나 보지요."

"서둘러야 하오. 시간이 없으니."

"예, 지금 다녀오겠습니다."

기운 없는 발걸음으로 대도독부를 나서는 상장군을 바라보는 대도독부의 노장들의 얼굴에 수심이 가득했다.

† † †

 잠들어 있던 벽사흔의 눈이 번쩍 떠졌다. 무언가 알 수 없는 불쾌감이 계속적으로 전해져 오고 있었기 때문이다.

 그가 천천히 일어나 앉자 인기척을 느낀 팽렬이 눈을 떴다.

"왜 그러십니까?"

"그냥… 조금 불편해서."

"잠자리를 다시 봐 드릴까요?"

 팽렬의 말에 벽사흔이 고개를 저었다.

"그런 불편함은 아니다."

"하면… 히끅!"

 물어보던 팽렬은 시퍼렇게 빛나는 연우의 눈과 마주치곤 기함을 했다.

"뭐, 뭡니까?"

"뭐가? 아! 눈? 그냥 무공이라고 알아 두면 편할 거다."

"무, 무공이요?"

"그래, 그렇게 알아 두면……. 거기로구나!"

 말을 하다 말고 냅다 쏘아져 가는 벽사흔의 신형을 좇던 팽렬의 눈에 이채가 스쳤다. 벽사흔이 도착하기 직전, 그가 목표로 삼은 나무둥치에서 시커먼 것이 솟구쳐 오른 탓이었다.

인연이 시작되다 • 121

전광석화를 방불케 하는 속도였지만 상대가 벽사흔이라는 것이 불행이었다.

퍽-

그날 팽렬은 도갑을 화살처럼 쏘아 낼 수도 있다는 것을 처음 알았다.

날아든 도갑에 맞아 기절한 야행복 차림의 사람을 질질 끌고 온 벽사흔은 그를 자신의 자리 옆에 던져두었다.

그런 야행복 차림의 사람에게 팽렬이 다가가자 벽사흔이 물었다.

"왜?"

"복면 벗겨 봐야죠."

"벗겨 봐서 뭐하게?"

"궁금하지 않으세요?"

"아니, 별로."

"그럼 왜 잡으셨어요?"

"그냥 신경 쓰여서."

도무지 이해할 수 없는 벽사흔만의 세상을 맞닥트린 팽렬은 혼란스런 표정으로 야행복 차림의 사람을 물끄러미 내려다보았다.

"우릴 노린 자객일까요?"

"아닐걸."

"왜 그렇게 생각하세요?"

"살기가 없었으니까."

"아직 때가 아니라 기다리고 있었을 수도 있잖아요. 송 대호법 말씀을 들어 보면 그런 것도 가능하다던데요."

"그거 다 구라야."

"예?"

당황한 음성으로 묻는 팽렬에게 벽사흔이 말했다.

"사람을 죽이겠다는 마음을 먹은 이상 살기는 흘러나오게 되어 있어. 물론 감정을 조절하는 훈련을 통해서 어느 정도 감출 수는 있겠지. 하지만 그렇다고 완벽하게 감춰지지는 않아. 그 정도로 마음을 조절할 수 있다면 그건 사람이 아닐 테니까."

"그럼 송 대호법께서 또 거짓말한 겁니까?"

"거짓말일 수도 있고, 진짜 그렇게 믿고 있는 걸 수도 있고. 내가 경험한 바로는 구라지만."

"에이, 내 참……!"

팽렬의 반응으로 보아서는 벽사흔의 말을 믿는 듯했다.

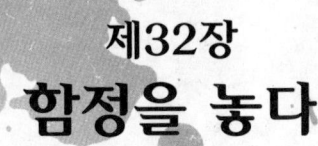

제32장
함정을 놓다

 야행복 차림의 사람이 정신을 차린 것은 달이 기울어 가기 시작하는 새벽녘이었다.
 깨어나자마자 화들짝 놀라며 움츠리는 모습이 겁을 먹은 모양 같았다. 그런 그를 바라보던 팽렬이 어느새 잠들어 있는 벽사흔을 깨웠다.
 "가주님."
 "왜?"
 "깨어났는데요."
 "그래."
 팽렬의 말에 두말없이 일어나던 벽사흔이 그에게 물었다.
 "한데, 눈이 왜 그래?"

"눈이 왜요?"

"빨갛잖아."

 잠을 못 잤으니 빨갈 수밖에. 하지만 벽사흔은 그것을 인정할 생각이 없는 모양이었다.

"다가오지 마."

"왜요?"

"눈병 옮아."

"눈병 아닙니다."

"그런 눈으로 아니라고 해 봐야 믿기지 않아."

"정말 아니라니까요."

"아아, 다가오지 말라니까."

 무슨 전염병자 대하듯 멀찍이 떨어져 도갑으로 자신을 밀어내는 벽사흔을 팽렬은 야속하게 바라보았다.

 그런 두 사람의 모습을 바라보는 야행복 차림의 사람은 머릿속이 복잡했다.

 잠시간의 실랑이로 팽렬을 멀찍이 앉힌 벽사흔이 야행복 차림의 사람에게 물었다.

"왜 여기 있던 거야?"

 벽사흔의 물음에 상대는 말 대신 손짓을 해 댔다. 한데 그 손짓이 뭔가 일정한 형식을 가지고 있었다.

"이거……."

"수화인데요."

멀찍이 떨어져 앉은 팽렬의 말에 벽사흔이 무릎을 쳤다.
"그래, 수화! 근데 너 이거 아냐?"
"그야 모르죠."
하긴 아는 게 더 이상한 것이다. 말을 하지 못하는 이들 중에서도 수화를 아는 사람은 극히 드무니까.

수화를 모르니 열심히 뭐라고 손짓을 해 대는 상대의 말을 전혀 알아들을 수 없었다.

그래도 뭐 좀 건질 게 있나 관심 있게 지켜보던 벽사흔은 그 사람의 어깨가 이상하다는 것을 발견했다.

물어봤자 돌아올 답은 자신이 알지 못하는 수화뿐일 것이기에, 벽사흔은 물음 대신 직접 확인하는 것을 택했다.

어깨를 잡으니 축축함이 느껴졌다. 손을 떼어 보니 피다.
"피!"

벽사흔은 피 때문에 놀랐지만 야행복 차림의 사람은 자신이 미처 반응하기도 전에 어깨를 잡은 상대의 능력에 경악하고 있었다.

하지만 그건 아무것도 아니라는 사실을 그는 미처 몰랐다.
부욱―

옷이 찢어지는 소리가 들리고, 야행복 차림인 사람의 맨 어깨가 드러났다. 이번에도 그는 상대의 손이 다가오는 기척도 느끼지 못했다.

그런 그의 놀람은 상관없다는 듯이 벽사흔은 아무렇지도

않게 남의 맨 어깨를 주물럭거렸다.
 "이런… 이런 걸 어깨에 박고 다니니까 피가 나지. 야, 팽."
 "예, 가주님."
 "금창약 있냐?"
 "있긴 합니다만……. 설마 그거 빼내시려고요?"
 멀찍이 서서 이쪽을 기웃거리는 팽렬의 물음에 벽사흔이 되물었다.
 "그럼 이대로 둬?"
 "잘못 빼면 피가 많이 날 걸요."
 "혈도 막으면 되지."
 "어깨 쪽이라 잘못 막으면 머리로 피가 안 가서 죽을 수도 있다고요."
 자신의 머리를 톡톡 치며 말하는 팽렬의 말에 벽사흔은 아무렇지도 않게 답했다.
 "그럼 이 친구가 운이 없는 거고."
 그 말에 당사자의 눈은 화등잔만 하게 커졌지만 거부는 시도도 못해 봤다.
 "으윽!"
 아무런 사전 경고 하나 없이 벽사흔이 곧바로 비도를 빼낸 탓이었다.
 그렇게 어깨에 박힌 비도를 빼낸 벽사흔이 몇 군데의 혈도를 누르자 폭포처럼 쏟아지던 피가 멈췄다.

그래 놓고 손가락으로 수를 셌다. 그 모습을 가만히 지켜보던 팽렬이 물었다.

"뭐하세요?"

"얼굴에서 핏기가 빠지나 안 빠지나 보는 거야."

"그건 왜요?"

"머리 쪽으로 가는 혈관을 막은 거면 얼굴에서 먼저 핏기가 사라질 테니까."

그게 무슨 의미가 있나 싶었지만 팽렬은 벽사흔의 의도가 궁금해졌다.

"그러다 빠지면요?"

"곧 죽을 거라고 말해 줘야지. 친절하게."

야행복 차림의 사람의 눈은 더 이상 커질 수 없을 정도로 동그랗게 변했고, 팽렬은 가능한 한 벽사흔과 말을 섞지 말자는 다짐을 하게 되었다.

그런 그에게 벽사흔이 손을 내밀었다.

"뭐요?"

"금창약."

"아!"

품에서 금창약을 꺼내 일어서려는 팽렬을 벽사흔이 고갯짓으로 저지했다.

"아아, 다가오지 말고, 그냥 거기서 던져."

억울했지만 계급이 깡패라고 팽렬은 벽사흔이 시키는 대

로 금창약을 던졌다. 그걸 받아 든 벽사흔이 야행복 차림인 사람의 상처에 덕지덕지 발랐다.

"야, 팽."

"예."

"너 옷 좀 찢어 줘 봐."

"옷은 왜요?"

"붕대가 있어야지."

벽사흔의 말에 팽렬은 정말 어이없다는 표정으로 말했다.

"그 사람 옷을 찢어서 묶으면 되잖아요?"

"너 이 새… 그러는 거 아니야."

"뭐가요?"

"가뜩이나 말 못하는 것도 서러울 텐데 내가 막 옷도 찢고, 칼도 막 빼내고 그랬잖아. 한데 여기서 내가 옷을 더 찢어 내면 얘 기분은 좋겠냐?"

"그럼 제 기분은요?"

"너야 봉사한 것 아니냐. 기분 좋겠지."

"그럼 가주님 옷을 찢으시든가요?"

퍽-

"어이쿠!"

언제 주워 던진 건지, 작은 돌멩이 하나가 날아와 이마를 강타했다.

길게 말 안 하는 아주 합리적인 벽사흔의 성격이다.

두 번째는 분명 어딘가가 깨져 나갈 것이라는 사실을 경험으로 아는 팽렬은 못마땅한 표정으로 자신의 옷을 찢어 냈다.

"아아, 오지 말라니까. 그냥 던져."

"천이라 힘이 없어서 거기까지 안 가요."

"내력은 뒀다 국 끓여 먹을래?"

벽사흔의 말에 팽렬이 물었다.

"정말 내력 담아서 던져도 돼요?"

"그럼 되지, 안 돼?"

"조절 잘못해서 다치면요?"

"안 다쳐."

"정말이죠?"

두말없이 바닥을 더듬는 벽사흔의 손을 바라본 팽렬이 소리쳤다.

"던집니다!"

하지만 내력이 잔뜩 들어가 빳빳이 선 천은 이미 날아오고 있었다.

솔직히 말하면 일부러 던져 놓고 소리쳤다.

그것도 '정말이죠?'라며 재차 묻는 자신을 향해 던질 돌을 찾느라 벽사흔의 시선이 땅바닥으로 내려갔을 때를 노려서.

스윽-

뭐가 어떻게 움직이는지 제대로 보지도 못했다. 분명 손이 움직인 것 같았는데, 어느새 자신이 던진 천은 벽사흔의 손가락에 감겨 있었던 것이다.

회심의 일격이 수포로 돌아가자 맥이 빠져 버린 팽렬이 지켜보는 가운데 벽사흔이 야행복 차림인 사람의 어깨를 감싸주었다.

"다음엔 이런 거 맞고 다니지 마라. 치료 다했으니까, 가!"

벽사흔의 말에 잠시 흔들리는 시선으로 그를 바라보던 야행복 차림의 사람이 바닥에 글자를 하나 썼다.

적!

그걸 내려다본 벽사흔이 피식 웃었다.

"그러니까, 가라잖아."

벽사흔의 답에 그를 잠시 바라보던 야행복 차림의 사람은 숲 속으로 사라졌다.

그가 사라지자 벽사흔이 팽렬을 바라보며 말했다.

"야, 팽."

"예."

"손님이다."

"예?"

무슨 뜬금없는 소리냐는 표정이던 팽렬은 벽사흔이 도를 잡고 천천히 일어나는 것을 보고 그 의미를 알아차렸다.

"아!"

자리에서 벌떡 일어나 몸을 푸는 팽렬을 바라보던 벽사흔이 말했다.

"수가 많다."

"그럼 간만에 몸 좀 풀어 보죠, 뭐."

특유의 여유로움을 보이는 팽렬에게 벽사흔의 경고가 하나 더 날아들었다.

"비린내… 독이다. 무기에 발랐을 수도 있고, 뿌리는 것일 수도 있다. 주의해. 특히 암기."

지금처럼 달이 기울다 사라지는 여명 근처의 밤에 날아오는 암기는 구별해 내기가 어렵다.

그것을 감지했음인가, 여유롭던 팽렬의 얼굴에서 미소가 사라졌다.

그리고 그 순간, 적들의 공격이 시작되었다.

스스스삭-

풀을 밟고 달려오는 소리가 접근하는 동시에 벽사흔이 걷기 시작했다.

그리고 팽렬은 무서운 광경을 보아야 했다. 아니, 평생을 두고도 잊히지 않을 아름다운 광경이었다.

도가 뽑혀 나오는 순간 노란 달무리가 도를 뛰쳐나갔다.

절삭력의 정점이라 불리는 현월이 허공을 가르자 도처에서 피가 흘렀다. 그 피를 일자로 뻗어 낸 도면에 받아 주변으로 뿌렸다.

퍼버버버벅-

핏방울이 암기가 되어 사방에서 튀어 오르는 자객들의 몸을 관통하고 지나갔다.

후두두두둑-

피와 사람의 몸이 허공에서 쏟아져 내렸다. 그 속에서 자객들이 튀어나왔다.

당황할 법도 한 상황이었지만, 벽사흔은 담담한 표정으로 그들의 공격권 안으로 성큼 들어섰다.

그리고 찬란한 빛이 터져 나왔다.

쏴아아아아-

폭우가 쏟아졌다. 붉은 피와 잘게 다져진 육편으로 이루어진 비가……

팽렬의 주변으로 다가온 자객은 없었다. 자신으로부터 다섯 걸음 정도 앞으로 나간 벽사흔의 뒤로는 핏방울조차 튀지 않았다.

그 말은 그를 넘어선 자객이 단 하나도 없다는 소리였다.

그런 엄청난 광경에 팽렬은 벌어진 입을 다물지 못했다.

환상적이고 멋있는 것은 멋있는 것이고…….

"다 죽이셨네요."

"원래 자객은 살려 둬 봐야 좋을 게 없어."

"그래도 한둘쯤은 살려 놓으셨어야죠."
"그럴 필요 없다니까."
"살아남은 놈이 있어야 배후를 밝히죠."
"배후?"
"예. 누군가는 우리를 노렸으니까 이놈들이 왔을 것 아닙니까?"
팽렬의 말에 잠시 생각해 보던 벽사흔이 고개를 끄덕였다.
"그렇군. 생각해 봐."
"뭘요?"
"누가 보냈을지?"
"그럼 가주님도 생각해 보세요."
"내가 왜?"
"가주님을 노렸을 수도 있잖습니까?"
"나같이 맑고 깨끗하게 사는 사람이 어디에 있다고 날 청부해. 이건 무조건 너야."
벽사흔의 답에 팽렬은 말도 안 된다는 얼굴로 물었다.
"왜 접니까?"
"너 자신을 좀 봐. 가출도 했지, 지저분하지, 여자도 없지, 돈도 없지, 거기다 못생겼잖아."
앞에 나열한 것 전부를 합한 것보다 맨 마지막 말이 더 아프게 가슴에 틀어박혔다.
"이건 남자답게 생긴 거지, 못생긴 게 아닙니다."

"그렇게 믿고 싶겠지."

"그, 그런 거 아닙니다."

"여자, 착하게 생겼다와 남자, 남자답게 생겼다의 공통점이 뭔지 알아?"

"그야 못생겼다는……."

말을 하다 말고 입을 다물었다. 그런 팽렬을 바라보며 벽사흔이 혀를 찼다.

"쯧, 저러니 자객이나 들지."

벽사흔의 지론대로라면 못생긴 놈한테 자객이 든다.

묘하게 부정할 수 없는 이론의 함정에 빠진 팽렬이 속으로 욕설을 내뱉었다.

'빌어먹을!'

잔뜩 인상을 찌푸리고 있는 그에게 벽사흔이 말했다.

"여하간 여긴 뜨자. 피 냄새를 맡고 산짐승들이라도 나타나면 귀찮아진다."

"예."

그렇게 피와 육편으로 물든 산자락을 두 사람은 떠났다.

† † †

도처에 난 그림이 붙은 방 안, 신국공이 불편한 표정으로 서탁을 손가락으로 두드리고 있었다.

"대인, 소인 방민입니다."

호부상서의 음성에 신국공의 허락이 떨어졌다.

"들어오게."

방문이 열리고 호부상서가 조심스럽게 들어와 바닥에 바짝 엎드렸다.

"들리는 소문들이 영 좋지 않더군."

"송구하옵니다, 대인."

"다른 건 둘째 치고, 대륙 상회의 주인을 바꾸는 일은 문제가 심각해졌더구먼."

"도군이라는 강호의 시정잡배가 끼어드는 바람에……. 곧 치우고 해결하겠습니다."

"알아보니 그리 쉬운 상대는 아니던데… 방법은 있는 겐가?"

"며칠 후면 오휘민 병부원외랑(兵部員外郎:종5품 관리)이 올량합(兀良哈:여진의 한부족) 전선에서 귀환합니다."

"오 원외랑이?"

"예, 대인."

오휘민, 관부 삼대 고수 중 한 명이다. 우스운 건 그가 무관이 아니라 문관이라는 점이다.

관부 삼대 고수 중 한 명으로 꼽힐 정도로 뛰어난 무공을 보유했으면서도 그가 문관이 된 이유는 몇 년 전에 치러진 대과에 그가 급제하였기 때문이다.

더구나 그는 필의 부주(副主)로 불리는 예부상서 오량호의 장자였다. 다시 말해 필의 무력인 셈이다.

 다만, 그동안 군부의 세력인 척의 농간에 휘말려 올량합과 대치한 목릉하(穆陵河)에 배치되어 있다가 근무연한이 만료되어 귀환하는 것이었다.

"그럼 그를 이용해 도군을 제거할 생각인 게야?"
"오 원외랑을 동원한다 해도 제거는 불가능합니다."
"어째서?"
"실력이 도군이라는 자가 더 나은 모양입니다."
"하면 어찌하려고?"
"죄를 씌울까 합니다."
"죄?"
"예. 역적의 죄를 지울까 합니다."
"역적의 죄라……. 황명을 움직일 생각인 겐가?"
"무거운 것은 아니옵고, 가볍게 해 볼 생각입니다."
"자네 혼자서 되겠던가?"
"예부상서가 돕기로 하였습니다. 그리고……."
"말해 보게."
"대륙 상회의 새 주인 후보 말씀이옵니다."
"그 늙은이는 왜?"
"그의 입을 빌려 도군을 좀 움직여 봐야 할 것 같습니다."
"내 패를 내어 줄 터이니, 자네가 직접 만나 움직여 보게."

"감사합니다, 대인."

"감사는 무슨……. 이럴 때 쓰려고 키우는 개인 것을. 하면 되었는가?"

"예, 대인. 속히 시행하겠나이다."

"그래, 가능한 빨리 처리해야 할 게야."

"예, 대인."

고개를 깊숙이 숙이는 호부상서를 바라보는 신국공의 눈엔 가벼운 조바심이 들어 있었다.

동창은 영락제가 제위할 땐 형부의 형옥 기능과 도찰원의 감찰 기능을 장악하여 무소불위의 힘을 휘둘렀던 곳이다.

하지만 선덕제가 즉위한 이후, 원래의 기능인 궁내의 첩보와 형옥만 담당하도록 권한이 축소되었다.

그 탓에 동창의 수뇌들은 언제나 과거의 영광을 되찾고 싶은 욕망을 가지고 있었다.

그런 동창으로 의외의 첩보가 입수된 것은 대륙 상회의 비리로 온 조정이 시끄럽던 때였다.

"이 첩보의 신빙성은?"

동창 제독인 양 공공의 물음에 좌첩형(左貼刑:동창의 고위 환관)인 유 공공이 조심스럽게 답했다.

"예부상서에게서 나온 것입니다요."

유 공공의 답에 양 공공의 미간이 찌푸려졌다.

함정을 놓다 • 141

"필에서 나온 정보는 확신하기가 어렵네. 자네도 알지 않는가?"

"하여 여러 방면으로 확인을 거친 것입니다요."

"여러 방면이라면?"

"척이 이미 움직이고 있습지요."

"척이? 누가 나선 겐가?"

"전 훈련대장인 묵린이 이동하는 것이 확인되었습니다요."

"묵린 대장이?"

"예, 제독태감."

"그가 움직였다면……?"

"척도 나름대로 확신이 섰다는 뜻이겠습지요."

유 공공의 답에 잠시 생각을 정리하던 양 공공이 물었다.

"정보가 새어 나온 필에선 누가 움직이던가?"

"며칠 전에 귀환한 오휘민 원외랑이 이미 출발한 것으로 확인되었습니다요."

"오휘민……. 필로서는 최선책이겠지. 하면 번은 어찌 움직이던가?"

"그것이 조금 애매합니다요."

"애매하다?"

양 공공의 물음에 유 공공이 보고를 이었다.

"아예 관심을 보이지 않고 있습니다요."

"관심을 보이지 않는다라……."

"예. 그 욕심쟁이들이 관심을 보이지 않는 것이 이상하긴 해 보입니다만……."

"그들이 판 함정일 가능성은?"

"그랬다면 다른 쪽의 의심을 피하기 위해서라도 오히려 더 적극적이었어야 하지 않겠습니까요?"

"그도 그렇군."

갈등만 할 뿐, 쉽게 결정을 못 내리는 제독에게 유 공공이 조심스럽게 물었다.

"나 공공을 보내 보시는 것은 어떠실는지요?"

"우첩형을?"

"예, 제독태감."

"그렇게 되면 척은 물론이고 필에도 밀리게 될 걸세."

"그래도 안 보내는 것보단 낫고, 제독태감께서 직접 가는 것보다는 위험도가 낮습지요."

유 공공의 말을 곱씹던 양 공공이 고개를 끄덕였다.

"즉시 우첩형을 들라 이르게."

"예, 제독태감."

잠시 후, 불려 온 우첩형은 동창 제독에게 지시를 받고는 곧바로 황궁을 나섰다.

† † †

진마벽가로 돌아온 벽사흔은 착잡한 표정으로 대륙 상회와의 일을 설명했다.

수뇌들은 실망했고, 벽갈평은 크게 낙담했다. 그런 이들을 내보내 놓고 해결책을 고심해 보았지만 뾰족한 수는 좀처럼 생기지 않았다.

상황이 그렇게 되자 세가 내의 분위기가 이상하게 돌아갔다. 마치 금방이라도 망할 것 같은 뒤숭숭함이 세가 전체를 뒤덮은 것이다.

활기차던 아이들마저 어른들의 눈치를 보고 시무룩해져 있었다.

오죽하면 자객질 안 하고 살 수 있는 걸 보여 주겠다고 큰소리쳤던 송찬이 앞으로 의뢰를 받아 돈을 벌어 보겠다고 말하러 왔다 벽사흔에게 욕만 먹고 돌아갔다.

소문이 들려온 것은 그렇게 진마벽가가 막막할 때였다.

"뭐가 있다고?"

"왜 내가 한번 이야기했었잖아. 원이 숨긴 보물."

"하지만 그거 헛소문일 가능성이 높다면서? 우리 진마벽가의 보물 이야기와 합쳐져서 만들어졌을 가능성이 높다고 했던 것도 너라고."

"그랬었지. 한데 아무래도 사실이었던 모양이야."

"갑자기 생각이 바뀐 이유가 뭔데?"

벽사흔의 물음에 송찬이 낮은 음성으로 속삭이듯 말했다.

"관부 애들이 모조리 몰리고 있다는 정보야."

"관부에서?"

"그래, 관부의 각 세력마다 눈이 시뻘게 가지고 사람을 보내고 있다잖아."

"어디서 나온 정보야?"

"취수전 애들 중에 환관들하고 친분이 있는 녀석들이 있어. 그놈들에게서 나온 정보야."

환관의 정보는 대부분 정확한 편이다. 확실하지 않으면 입을 놀리지 않도록 교육을 받은 이들이기 때문이다.

물론 고의적인 거짓말일 경우에도 그들의 입이 열린다. 그 경우에 움직였다간 피 볼 확률이 구 할 이상이다.

"다른 쪽에서 나온 정보는 없고?"

"아직은……. 더 알아볼까?"

송찬의 물음에 벽사흔의 고개가 끄덕여졌다.

"그래, 알아봐."

"적극적, 아니면 대충?"

"기왕이면 적극적인 게 좋겠지."

"확실한 소문이면 나갈 생각이구나?"

"그렇다면… 당연히 나가야지. 그것만 찾으면 자금 걱정은 끝날 테니까."

"알겠어. 애들 모조리 풀어서 최대한 긁어 보지."

"부탁하자."

"그래, 기다려."

 그 말을 남긴 송찬은 부리나케 달려 나갔다. 그도 당금의 위기를 잘 알기에 최선을 다할 것이다.

 송찬이 정보를 모아 오길 기다리던 때, 검각에서 지급으로 전서구가 날아들었다.

창존 접근, 경계 요망!

 검각과 진마벽가 사이에 구축된 비상 연락망을 통해 도착한 전서구는 주사로 쓰인 특급이었다.
 "창존은 북경묵가의 태상가주로, 강호십대고수 중 두 번째 서열인 이존의 일인입니다. 아시겠지만, 묵가의 사람들은 반은 강호인, 반은 관부인입니다. 따라서 이번 이동이 어떤 이유인지는 명확하지 않습니다. 다만, 검각이 긴급 경계 요청을 보내온 이상 우리 쪽에서 견제 전력을 보내야만 합니다."

벽갈평의 장황한 설명이 이어졌지만, 벽사흔의 귀엔 제대로 들어오지 않았다. 창존 묵린에 대해서라면 강호의 그 누구보다 벽사흔, 자신이 더 잘 알고 있었기 때문이다.

사람들은 그를 반은 강호인, 반은 관부인이라 말하지만, 오해다. 그는 철저한 관부인이다.

관의 일이 아니면 묵가의 문턱을 넘는 일은 일어나지 않는다. 그 말은 지금 움직이는 일이 관의 일이란 뜻이다.

하지만 그것이 황명을 받은 공식적인 소임인지, 아니면 그가 속한 관부의 세력인 척을 위한 움직임인지가 명확지 않았다.

"…가주님."

"으, 응?"

"무슨 생각을 그리 깊게 하시기에 그렇게 불러도 모르십니까?"

"아! 그랬나? 잠시 생각할 것이 있어서. 한데 왜?"

"공식 요청이 온 이상 우린 광서의 패자로서 행동해야 합니다."

"누군가를 내보내 대응해야 한다는 소리로군."

"예, 가주님."

벽갈평의 말에 회의장에 앉아 있는 이들을 둘러보았다.

모두 믿을 만하고 듬직한 이들이다. 하지만 창존을 상대해 보라고 내보내는 건 그들을 모조리 죽으러 가라고 등을 떠미는 것과 같았다.

 녀석은 대충이라는 것을 아예 모른 놈이기 때문이다.

 "지금 어떤 길로 이동 중이지?"

 "검각의 통보에 의하면 호북을 통해 귀주로 들어섰는데, 아슬아슬하게 광서와의 접경을 타고 이동 중이랍니다."

 "어느 방향으로?"

 "서쪽입니다."

 벽갈평의 답에 잠시 생각을 고르던 벽사흔이 일어섰다.

 "내가 직접 가지."

 "가, 가주님이 말씀이십니까?"

 "그래. 최악의 경우 그 작자와 상대할 수 있다는 가정을 들이대 보면 답은 이미 나와 있는 거니까."

 벽사흔의 말에 벽갈평을 위시한 벽가의 수뇌는 아니라고 말할 수 없었다.

 "그럼 제가 모시겠습니다."

 벽라를 선두로 벽두강, 벽우양, 이필, 벽구작까지. 이상한 건 팽렬이 전혀 함께 갈 생각이 없어 보인다는 점이었다.

 그 점이 묘하게 심술을 발동시켰다.

 "야, 팽."

 "예?"

보물찾기 • 151

"준비해."

"무, 무슨 준비요."

"지금까지 뭐 들었어. 창존 쫓아가야 한다니까."

"그러니까 지금 가주님하고 저하고 창존의 뒤를 쫓자는 말씀이죠?"

"그래."

벽사흔의 답에 팽렬이 고개를 저었다.

"싫습니다."

"뭐?"

"차라리 저 혼자 쫓으라면 쫓겠습니다."

"그러니까 나랑 가기 싫다."

"시, 싫다기보다는······."

탁자 위의 찻잔을 잡아 가는 벽사흔의 손을 발견한 팽렬의 말이 뒤집혔다.

"가, 갑니다, 가요. 가야죠, 암요."

"팽 전주는 준비해서 나오고, 나머진 집 잘 지켜. 그리고 송찬이 돌아오거든 발바닥에 땀나게 쫓아오라고 이야기 전하고."

"정말 괜찮으시겠습니까, 가주님?"

걱정스런 음성으로 묻는 벽갈평에게 벽사흔이 웃어 주었다.

"내가 대충 어느 경지인지 짐작하잖아. 그러니 걱정하지 마."

벽사흔의 말에 벽갈평은 희미하게 미소를 지었다. 가주의 말대로 어느 경지인지 대략 안다. 하지만 그것이 막연한 짐작이기에 두려운 것이다.

 그렇게 벽가를 출발하는 벽사흔과 팽렬을 벽가의 수뇌들이 문밖까지 나와 배웅했다.

† † †

 벽사흔이 계림을 떠날 때, 무창에서도 다른 이들의 눈에 띄지 않게 조용히 떠나는 이가 있었다.

 그는 대륙 상회에서 유평의 곁을 떠나지 않던 도군이었다. 그가 어쩐 일인지 유평에게서 떨어져 나와 서쪽으로 달리기 시작했다.

 어차피 그의 본가인 단리세가 서쪽에 위치한 운남이긴 하지만, 그곳으로 간다고 보기엔 너무 아래쪽으로 치우쳐 움직였다.

 대륙 상회의 수 노에게서 연락을 받은 호부상서가 곧바로 상소문을 작성해 올렸다.

 정삼품 이상의 관리가 올린 상소는 심사 없이 곧바로 황제에게 올라가는 관례에 따라 그의 상소는 황제의 앞에 놓였다.

보물찾기 • 153

차례차례 상소문들을 읽던 선덕제가 호부상서 방민이 올린 상소문을 읽다 말고 고개를 들었다.

"동창 제독을 들라 이르라."

"예~ 이~"

환관 특유의 긴 소성이 이어지고 일각 후, 잰걸음으로 들어선 동창 제독 양 공공이 선덕제 앞에 고개를 조아렸다.

"소신 양위, 폐하의 부르심을 받고 대령하였나이다."

"음, 양 공공."

"예, 폐하."

"귀주에 보물이 있다는 소리를 들어 본 적이 있나?"

순간 흠칫했지만 그것은 찰나에 지나지 않았다.

"예, 멸망한 원의 잔당이 숨겨 놓았다는 보물에 대한 소문이 귀주 쪽에 돌고 있는 것으로 아옵니다."

"상당히 구체적인 소문이던데? 대략적인 위치까지 제시할 정도로 말이야."

"그러하옵니다. 하여 더 의심이 갔사옵니다."

"구체적인 게 더 의심이 간다?"

"예, 폐하."

동창 제독의 말에 선덕제가 물었다.

"왜 그렇게 생각하지?"

"소문이란 무릇 누군가의 입에서 시작되는 것이옵니다. 대개 보물을 가진 자는 그것을 숨기려 들지, 지금처럼 떠들어

대지 않는 법이옵니다."

"그건… 또 그렇군."

"더구나 귀주엔 이전부터 보물에 대한 소문이 많이 돌았던 곳입니다. 그 소문을 믿고 수천수만의 사람들이 보물을 찾는답시고 돌아다녔지만, 아직까지 보물을 찾았다는 사람은 아무도 없었사옵니다."

동창 제독의 말에 황제가 서신으로 다시 눈을 돌렸다. 믿을 것인가, 말 것인가를 놓고 고민하는 모양이었다.

하지만 이런 경우 대부분은 전자라는 것을 동창 제독은 알고 있었다. 왜냐하면 그걸 찾기 위해 고생하는 이들이 황제 자신이 아니기 때문이다.

결국 황제의 눈이 반짝이는 것을 바라본 동창 제독은 황제가 무엇을 결심했는지 짐작할 수 있었다. 그래서 선수를 쳤다.

"하오나 정보란 허투루 버릴 것이 없다는 것이 또한 동창의 기조이고 보면 그냥 둘 수가 없어, 조사하여 오라는 명을 내려 우첩형을 내보냈나이다, 폐하."

"오~ 벌써 내보냈더냐?"

"예, 폐하."

"한데 우첩형 한 명만 내보낸 것이야?"

"당두(檔頭·동창에 소속된 중간 계급의 환관) 셋을 딸려 보냈나이다."

"그 넓은 지역을 찾는데 넷으로 되겠더냐. 호부상서의 간언대로 불필요한 백성들의 혼란을 막기 위해 귀주 여파 지역에 대한 백성의 출입을 금한다. 아울러 군을 동원하여 조속한 시일 내에 조사를 마무리 지어 그 진실 유무를 명명백백하게 밝혀낼 것이다. 칙명을 내릴 것이니 내각대학사(內閣大學士:정5품 관리, 황제의 고문 겸 비서)를 들라 이르라."

잠시 후, 내각대학사가 들고 이내 황명이 적힌 칙서가 작성되어 호부와 병부에 전해졌다.

칙서를 받은 호부는 곧바로 귀주승선포정사사(貴州承宣布政使司)로 기발을 띄웠고, 병부는 귀주를 관할하는 우군도독부로(右軍都督府)로 전서응을 날렸다.

기발보다 빠른 전서응에 의해 소식을 받은 우군도독부는 행정관처인 귀주승선포정사사보다 한발 빨리 움직이기 시작했다.

일의 성격상 우군도독은 도독부 친군이 아니라 귀주 향방군을 움직이기로 결정하고, 귀주도지휘사사(貴州都指揮使司)로 기발을 띄웠다.

그렇게 두 갈래의 경로로 칙서가 내려진 지 십 일 만에 귀주승선포정사사와 귀주도지휘사사에 도착했다.

황명인 탓에 두 관청도 머뭇거리지 않고 곧바로 움직였다. 귀주승선포정사사에선 즉시 관리들을 내보내 여파 지역에 대한 백성의 출입을 금한다는 방을 사방에 붙였다.

더불어 승선포정사사의 협조 요청을 받은 귀주안찰사사가 발 빠르게 여파 지역으로 향하는 길목에 포교와 포쾌를 보내 백성의 출입을 단속했다.

행정 처리가 이루어지는 동안 우군도독의 명을 받은 귀주도지휘사사는 귀주 전역에 흩어져 있던 향방군 오만 중 삼만을 집결시켜 여파 전역에 대한 수색 작전에 돌입했다.

그렇게 발 빠르게 움직였지만, 이미 여파엔 소문을 듣고 몰려든 백성들과 강호 무인들이 인산인해를 이루고 있었다.

당연한 이야기이겠지만 하고자 하는 이들과 그것을 막고자 하는 이들의 이해가 상충하니 충돌이 발생했다.

일반 백성들이야 창칼을 앞세운 향방군의 서슬에 눌려 눈에만 띄면 꼼짝없이 잡혀갔지만 강호인들은 달랐다. 그들은 관병을 피해 요리조리 도주하며 수색을 지속했다.

그 과정에서 몇몇 다혈질의 강호인들과 관군이 충돌을 빚기도 했다. 사고는 그런 일들이 비일비재하게 일어나는 시기에 벌어졌다.

여파 지역의 한 골짜기에서 순찰 중이던 관병 스물이 시체로 발견된 것이다. 황명을 받아 임무를 수행하던 관병이 살해당했으니 이건 대역죄에 해당했다.

사건이 커지자 귀주도지휘사사는 평상시 임무를 수행하기 위해 동원하지 않았던 귀주 향방군 이만을 추가로 투입했다.

거기다 우군도독의 명을 받은 도독부친군(都督府親軍) 이만도 여파로 배치되어 왔다.

이전에 동원되어 있던 병력을 합하면 자그마치 칠만의 군세가 여파란 좁은 지역에 투입된 것이었다.

당시 여파엔 들판의 돌보다 병사가 더 많다는 말이 돌 정도였으니, 그 사정은 굳이 설명하지 않아도 될 것이었다.

그렇게 되니 이리저리 도주하던 강호인들이 줄줄이 잡혀 들어왔다.

물론 막아서는 관군들에게 붙잡혔다기보다는 더 큰 문제가 생길 것을 걱정한 강호인들이 스스로 정항을 포기했다는 것이 옳은 이야기였다.

그렇게 잡혀 들어온 강호인들 속에 그들이 있었다.

척이 보낸 창존, 필이 보낸 오휘민, 그리고 무창의 대륙 상회를 조용히 떠났던 도군까지 포함되어 있었다.

한데 이상한 것은, 창존을 쫓아 움직였던 벽사흔과 팽렬의 모습이 그 어디에서도 보이지 않는다는 것이다.

† † †

어두컴컴한 동굴.

세 명의 사내가 주춤주춤 앞으로 나아가고 있었다.

"좀 빨리 가 봐."

"앞이 보여야 가지."

"그럼 뒤로 오든가?"

"뒤? 뒤는 무섭단 말이야."

"지랄을 해라."

"어! 저기 불빛입니다."

"어디? 어, 저, 정말이다."

"빨리 가 봐."

옥신각신, 아옹다옹해 가며 움직인 끝에 작은 틈으로 들어오는 빛 아래로 모인 이들의 얼굴이 드러났다.

"제길, 이게 무슨 날벼락인지. 보물 지도? 에라이!"

벽사흔의 타박에 송찬이 낡은 지도 하나를 들고 겸연쩍은 표정을 지었다.

"그 노인이 진품이라고 했단 말이야."

"진품? 진품이라는 그 지도, 얼마 주고 샀는데?"

"금자 두 냥."

"너 같으면 진품 지도를 금자 두 냥에 팔래?"

"그야……."

미치지 않은 이상 팔지 않을 것이다. 문제는 이 지도를 판 노인이 살짝 맛이 가 있었다는 것이다. 차마 말하지 못했지만 송찬은 그래서 더 노인을 믿었었다.

"기껏 늦게 쫓아와서는 뭐, 확실한 정보……. 네 눈엔 이게 확실한 정보로 움직인 사람들의 꼴이냐?"

연신 이어지는 벽사흔의 타박에 송찬이 풀이 죽자, 팽렬이 끼어들었다.

"화는 나중에 내시고 우선은 좀 나가면 안 될까요?"

"입구를 찾아야 나가지."

"저기 부수면 나갈 수 있지 않겠습니까?"

팽렬의 말에 송찬이 머리를 저었다.

"저걸 부수다 이 동굴 지붕 전체가 무너지면? 우린 찍소리 못하고 여기에 모조리 생매장당하는 거야. 알아?"

송찬의 말에 벽사흔이 버럭 소리를 질렀다.

"생매장당하는 곳으로 데려와 줘서 고맙다, 자식아!"

벽사흔이 화를 낼 법도 한 것이, 절대로 그런 지도로는 보물을 찾을 수 없다고 강력하게 주장하는 그를 송찬이 억지로 우겨 끌고 들어왔기 때문이었다.

당시 송찬이 주로 내세운 논리는 찾다 못 찾으면 도로 나오면 되지 않겠느냐는 것이었다.

하지만 다시 나가기는 개뿔, 동굴 안에서 길을 잃어버려 벌써 며칠째 이러고 있는지 몰랐다. 햇빛이라곤 한 점도 들어오지 않는 어두운 곳을 헤매다 보니 시간의 흐름을 전혀 짐작할 수 없었던 것이다.

여하튼 동굴에 들어온 이후 처음 빛을 발견한 팽렬은 희망을 놓치기 싫었다.

"안 무너질 수도 있지 않겠습니까?"

"무너지면?"

"왜 대호법님은 꼭 무너질 것만 생각하십니까?"

"그럴 위험성이 높으니까 그렇지."

"무너진다고 확신하십니까?"

"그래, 확신해. 아니면 내 손에 장을 지질게. 됐냐?"

버럭 화를 내는 송찬의 말에 한쪽에서 분을 삭이고 있던 벽사흔이 벌떡 일어났다.

"확실하냐? 너, 이게 무너진다고 정말 확신해?"

"그래, 건드리면 무너질 거라니까."

송찬의 확답에 벽사흔이 팽렬에게 말했다.

"야, 부숴."

"왜, 왜?"

놀란 송찬이 만류하자 벽사흔이 같잖다는 듯이 말했다.

"네가 확실하다고 해서 그렇게 된 게 있냐? 이 동굴에 보물 분명히 있다고 했는데 없었지? 들어갔다 없으면 도로 나가면 된다고, 지도 있으니까 걱정하지 말라고 했지만 그 지도 이 동굴 내부의 길이랑 같데? 아니었지! 그뿐이냐, 입구에서 팽 전주가 물 있으니까 가죽 신발에라도 좀 담아 가자고 했지? 너 뭐라고 했냐?"

"……."

송찬이 눈치만 보고 답을 안 하자 팽렬이 끼어들었다.

"동굴엔 원래 물이 천지라 아무 데서나 물 찾을 수 있다고,

더럽게 신발에 물을 담아 가자고 한다고 가주님하고 저를 막 구박했죠."

그 말이 끝나기 무섭게 벽사흔이 물었다.

"너 이 동굴 들어와서 물 본 적 있냐?"

이번에도 송찬이 답이 없자 팽렬이 냉큼 답했다.

"없는데요."

"자, 보자, 네가 확신한다는 거 다 틀렸잖아. 그런데 이번에도 저거 무너지는 게 확실하다며? 그럼 여기서 내가 뭘 믿어야 할 거 같냐?"

벽사흔의 물음에 송찬은 입만 실룩일 뿐 아무 말도 못했다. 결국 그렇게 송찬이 물러나자 팽렬이 있는 대로 내력을 담아서 주먹을 내질렀다.

쾅-

풀썩-

먼지만 날릴 뿐, 천장은 돌 부스러기조차 떨어져 나오지 않았다. 그걸 바라보던 벽사흔이 곁에 서 있던 송찬을 힐끗 쳐다보며 톡 쏘아붙였다.

"무너져? 염~ 병."

그런 벽사흔에게 팽렬이 물었다.

"어떻게, 더 해 볼까요?"

"한 번 더 해 봐. 그래도 안 되면 내가 한 방 날려 볼 테니까."

"예."

우렁차게 답한 팽렬이 팔을 뒤로 잔뜩 당기고 자신의 모든 내력을 주먹에 실었다.

쑤아아아아악— 꽝!

파공성과 충돌음이 이전과는 확연히 달랐다. 소리만으로도 무지막지한 힘이 실렸다는 것을 알아볼 수 있었던 것이다.

하지만 그렇게 강력한 한 방에도 불구하고 이번엔 먼지조차 떨어지지 않았다. 결국 벽사흔이 나섰다.

"나와 봐, 이번엔 내가 해 볼 테니까."

"예, 가주님."

팽렬이 물러나고 벽사흔이 나서서 현월을 비롯해 별의별 수단을 다 동원해서 십여 차례나 가격했지만, 빛이 새어 들어오는 동굴 천장은 요지부동, 아무런 소득도 얻지 못했다.

결국 지쳐서 주저앉은 두 사람을 힐끗거리던 송찬이 자신의 검을 들고 천장을 쿡쿡 찔러 댔다.

"이거 무지 단단……."

툭— 투둑, 투두두두, 두르르르르르르르.

돌들이 떨어지기 시작하더니 동굴 전체가 진동했다. 그 모습에 벽사흔이 소리를 질렀다.

"이런 미친… 너 무슨 짓을 한 거야?"

"그, 그냥 이렇게 쿡 찔러 본 거야. 이렇게."

"야, 야, 찌르지 마, 찌르지 마~"

"아악~"

우당탕쿵쾅, 우르르르- 푸스스스-

동굴 전체가 무너져 내렸다. 그리고 그곳에 어둠이 가득 찼다.

† † †

똑, 똑, 똑, 똑.

물방울이 떨어지며 볼을 적셨다.

"으 으 으 으."

신음과 함께 눈을 뜬 것은 벽사흔이었다.

푸스스스-

몸을 움직이자 돌 부스러기와 먼지들이 쏟아져 내렸다. 그래도 돌무더기에 깔리진 않았던지 일어서는 데 제약은 없었다.

하지만 빛줄기 하나 들어오지 않는 동굴은 아무것도 보이지 않았다. 아예 빛이 완전히 차단된 건지 내력을 끌어올려도 전혀 보이지 않았다.

결국 손으로 자신의 몸을 더듬었다. 여기저기 찢긴 곳은 있었지만 사지는 멀쩡했다. 그렇게 자신이 살아 있는 것을 확인하자 다른 이들이 걱정되기 시작했다.

"괜찮아?"

아무 반응이 없었다.

"송찬!"

"팽렬!"

"야- 아무도 없어!"

아무리 불러도 답이 없자 벽사흔은 불안해졌다. 다른 사람들의 안위에 심각한 일이 벌어졌을 것 같은 불안감 때문이었다.

"이런 빌어먹을!"

울화가 치밀었다. 어디라도 화풀이를 하지 않으면 죽을 것 같았다.

"에이!"

내력도 그렇게 많이 싣지 않았다. 그저 손이 망가지는 것만 방지하려 들었을 뿐.

그런데…….

퍽-

주먹이 벽을 파고 푹 들어가 버렸다. 놀란 벽사흔이 주먹을 빼내자 주변이 우수수 부서져 내렸다. 그렇게 난 구멍에서 차가운 바람과 작은 불빛이 새어 들어왔다.

눈을 반짝인 벽사흔이 정신없이 벽을 부쉈다.

사람 하나 정도 드나들 만큼의 구멍이 생기자 들어오는 빛의 양이 많아졌다.

그제야 드러나는 동굴 내부……. 저만치 돌무더기 사이로 드러난 송찬과 팽렬의 모습도 보였다.

황급히 달려가 돌 더미를 치우고 끌어냈다. 다행히 둘 다 숨은 쉬고 있었다. 급히 둘을 둘러업고 바람이 들어오는 쪽으로 옮겼다.

정신없이 둘을 옮기고 나서 허리를 펴던 벽사흔은 그대로 굳어져 버렸다. 구멍 저편으로 들어오는 빛이 마치 무엇에 반사되듯 산란되는 느낌이었기 때문이다.

호기심에 구멍으로 몸을 빼낸 벽사흔은 자신의 눈을 믿을 수 없었다. 높은 천장에서부터 저 멀리 까마득한 동굴 저편까지 금은보화가 동굴 바닥에 가득 차 있었던 것이다.

얼마나 많은지 동굴로 스며드는 작은 빛줄기들이 그 금은보화에 반사되어 동굴 전체가 환할 지경이었다.

무너진 벽으로 들어왔던 빛도 그렇게 반사된 빛이었다.

"맙소사… 정말 있었어!"

벌어진 입을 다물지 못하는 벽사흔의 시선으로 황금빛으로 가득한 동굴 전체의 모습이 들어왔다.

 여파에서 수색 작전이 벌어진 지 한 달, 아무런 소득도 거두지 못한 황군에게 실망한 황제의 철군 명령이 내려졌다. 더불어 여파 지역에 대한 백성들의 출입 금지 조치도 해제되었다.

 그 과정에서 관군에 추포되었던 이들 중 일반 백성들과 창존, 그리고 오휘민은 방면되었다. 하지만 도군을 비롯한 강호인들은 무슨 이유에서인지 좀처럼 방면이 되지 않고 있었다.

 그런 상황에서 대륙 상회의 본회가 피에 잠겼다.

 일련의 조사를 마무리하기 위해 남아 있던 일부 도찰원의 관리들까지 혈겁에 휘말린 탓에 관부가 상당수의 관원을 풀어 대대적인 조사를 벌였지만, 흉수는 끝끝내 밝혀내지 못했다.

"현재 본회의 생존자들을 지휘해서 사태를 수습하고 있는 것은 주사부의 수 노입니다."

사고 소식을 듣자마자 단리세가를 나서 남녕으로 달려온 유충은 광서 지단주를 맡고 있는 행수에게 설명을 듣고 있었다.

"아버님의 행방은?"

"시신들 속에선 발견되지 않았습니다. 또한 방지평의 고수들 중 일부도 보이지 않습니다."

"그 말은……?"

"일단 회주께선 방지평의 고수들에 의해 화를 면하신 것으로 조심스럽게 추측되고 있습니다."

"무창 인근의 안가들에 대해선 조사가 이루어지고 있는 것이오?"

"소회주님도 아시겠지만, 안가는 철저하게 방지평에서 독점으로 관리했습니다. 그 탓에 안가의 위치 등에 대해서 아는 사람이 없습니다."

광서 지단주의 말을 듣는 유충은 걱정보다는 오히려 안심이 되었다. 아무도 모른다는 것은 흉수도 알 수 없다는 뜻이기 때문이다.

"신변의 안전이 확보되었다고 판단하시면 알려 오시겠지.

일단 우리는 우리가 할 일을 하면서 소식이 오길 기다립시다."

"예, 소회주님."

"자, 일단 상회의 기능을 회복시키는 것에 주력합시다. 지금 본회는 누가 추스르고 있소?"

유총의 물음에 광서 지단주가 답했다.

"주사부의 수 노가 생존자들을 규합해 지휘하고 있습니다."

수 노의 이름이 거론되자 유총의 미간이 찌푸려졌다.

외숙인 연직의 말대로 수 노가 앞으로 나섰다. 본회로 도군을 보냈을 때 아예 제거했어야 하는 것인데, 설마 하며 주저하던 것이 화를 부른 셈이었다.

"본회의 행수들은 어찌하고 수 노가 지휘를 한단 말이오?"

"본회의 행수들은 혈겁의 와중에 모두 죽임을 당한 것으로 알고 있습니다."

"그런… 할 수 없겠지. 지단주는 지금 즉시 본회는 물론이고, 모든 지단으로 전서구를 날리시오. 당분간 내가 이곳 광서 지단에서 상회를 이끌겠다고 말이오."

"알겠습니다, 소회주님."

고개를 숙이는 광서 지단주에게 유총의 말이 이어졌다.

"또 하나, 계림 지부에 계신 수석 행수님께 이곳으로 오시라고 전서를 띄워 주시오."

"연직 수석 행수께서 계림 지부에 계십니까?"

놀라는 광서 지단주에게 유총이 고개를 끄덕였다.

"그렇소. 하니 서둘러 주시오."

"알겠습니다, 소회주님."

복명한 광서 지단주가 나가자 그간 조용히 시립해 있던 여루가 걱정 어린 표정으로 입을 열었다.

"도군 대협은 어찌하실 생각이십니까?"

"관부 쪽으로 힘을 써 봐야겠지."

"단리격 대협이 나오시기 전에 소재를 찾는 것이 좋지 않겠습니까?"

"그렇겠지. 일단 상회의 지휘권을 확립한 연후에 자금을 동원해서 관부를 움직여 봐야지."

"그러자면 시간이 걸릴 겁니다."

"그건 어쩔 수 없어."

"압니다. 하지만 그 시간 안에 저들이 소회주님께도 마수를 뻗칠까 걱정입니다."

여루의 말에 유총도 고개를 끄덕였다.

"안전하진 않겠지. 해서 하는 말이네만… 그동안 도움을 받을 만한 무림문파가 있겠나?"

"광서에서 그럴 만한 능력을 갖춘 곳은… 진마벽가뿐입니다. 하오나……."

"우리완 연이 끊긴 곳이지."

"그렇습니다. 팽가와 등을 돌리면서 당연히 진마벽가와의 연도 함께 끊겼습니다."

"성세를 많이 잃었다지만 검각은 어때?"

"검각은 진마벽가의 패권을 인정하고 있습니다. 그 상황에서 우리가 도움을 요청하면 받아들이기 어려울 것입니다."

여루의 답에 유총의 표정이 어두워졌다.

"결국은 광서에선 도움을 받을 만한 곳이 없다는 소리로군."

"불행히도… 그렇습니다."

"그럼 우리에겐 역시 단리세가뿐인가?"

"예. 하지만 그들은 단시간 내에 무사들을 빼내지 못할 것입니다."

점창과 독문의 견제 때문이다. 거기다 아직은 단리세가의 무사 이동에 민감한 명군도 문제였다.

"그건 알고 있어. 이제 방법은 우리 스스로의 능력으로 버티는 것뿐인데… 가능하겠어?"

유총의 물음에 여루의 안색은 한없이 어두워졌다. 본회의 방지평엔 자신이 어쩔 수 없는 강자들이 즐비했다. 그럼에도 흉수들의 습격을 막아 내지 못했다.

그런 상황에서 자신의 힘으로 유총을 지켜 낼 수 있다는 장담은 할 수 없는 것이었다. 다만, 한 가지만은 약속할 수 있었다.

"소인의 목숨이 끊어지기 전엔 소회주님의 손끝 하나 건드리지 못하게 하겠습니다."

여루의 말에 유충이 희미한 미소를 머금었다.

"그럼 부탁하지."

유충의 말에 여루의 고개가 깊숙이 숙여졌다.

† † †

오 일, 전서가 출발한 지 오 일 만에 수석 행수인 연직이 광서 지단으로 달려왔다.

"무사하니 다행이로구나."

연직은 유충이 멀쩡한 것만으로도 감사한 모양이었다.

"내 네게도 마수가 뻗쳤을까 싶어 노심초사였느니라."

도찰원의 관리까지 목을 벤 흉수들이다. 척과의 접촉을 위해 군상에 머물고 있을 유충의 안위가 걱정된 것은 당연한 일이었다.

외숙의 걱정에 유충이 미소를 보였다.

"다행히 단리세가에 있었던 덕에 화를 당하진 않았습니다."

"단리세가? 군상이 아니라 단리세가에 있었단 말이더냐?"

"예."

"하면… 설마 갑자기 단리세가와 연을 맺은 것이……?"

"제가 손을 쓴 것이었습니다. 아버님께선 그 이유를 재빨리 알아차리신 것이고요."

그렇지 않아도 회주에게 미친 암습을 느닷없이 나타난 단리세가의 도군이 막고, 회주는 기다렸다는 듯이 팽가를 버리고 단리세가로 갈아탄 것을 이상하다 생각하는 중이었다.

"왜 팽가에 도움을 청하지 않고?"

"그들은 지켜야 하는 것들이 많은 자들입니다. 관과 맞설 생각은 없었을 것입니다."

"하면 단리세가는? 그들도 관의 눈치를 봐야 하는 이들이다."

"맞습니다. 하지만 그만큼 관에 대한 원한도 깊죠. 그렇기에 드러내지 않는 이상 그들은 관을 상대로도 서슴없이 칼을 휘두를 수 있는 겁니다."

"흠… 네 말을 들으니 이해는 간다만… 팽가를 잃은 후폭풍이 만만치 않을 게다."

"대륙 상회가 나서서 전폭적으로 밀어준다면 십 년 이래, 짧으면 단 몇 년 만에도 팽가에 버금갈 성세를 이룩할 곳이 단리세가입니다."

"도군의 존재 때문이더냐?"

"가장 중요한 것은 외숙의 말씀대로 도군입니다만, 그들의 고수들도 눈여겨볼 필요가 있습니다."

"단리세가의 고수들을?"

"예, 그들을 보면 생각 외로 고수 층이 두텁습니다. 절정 이상의 고수들 수에선 거의 팽가와 차이가 벌어지지 않을 정도지요."

"하지만 그 이하의 무사들은 턱없이 부족하다. 알겠지만, 대부분의 일을 맡는 것은 바로 그들이다."

"압니다. 하지만 단리세가 정도라면 그렇게 부족한 일류급 고수들은 자금만 확보된다면 어렵지 않게 구할 수 있습니다."

"어째서 그리 생각하는 게냐?"

"단리세가가 보유한 무공을 가르친다는 조건이 붙을 것이기 때문입니다."

유충의 말에 연직도 고개를 끄덕일 수밖에 없었다. 그 조건이 붙는다면 일류가 아니라 그보다 더 위 줄의 고수도 어렵지 않게 모을 수 있을 것이다.

적어도 단리세가의 무공은 화경의 고수를 배출할 수 있을 만큼 고절하다는 것이 증명된 까닭이었다.

"네 말을 알아듣겠다. 하지만 정작 중요한 시기에 도군이 자리를 비워 이 사단이 일어난 것도 생각하지 않을 수 없다. 다음에 또 이런 일이 벌어지지 않는다고 장담할 수 없다는 말이다."

"그것은 저도 의외였습니다. 하지만 단리세가가 현재 처해 있는 위기를 외숙이 아신다면 이해가 가실 것입니다."

"단리세가가 경제적으로 위기에 처해 있다는 말은 들었다. 하지만 그렇다고 다른 대안을 세우지도 않은 채 자리를 벗어난다는 것은… 험하게 말하면 보호 계약의 파기 행위라 보아도 무방한 일이었다."

평소에도 고지식하기로 유명한 외숙이었다. 그런 점을 높이 사 수석 행수가 된 것이기도 했지만, 지금 같은 격변의 시기에선 아무래도 적응력이 떨어지는 것은 어쩔 수 없었다.

"틀린 말씀은 아닙니다. 하지만 장원까지 빼앗기게 생긴 상황에선 그도 원나라의 보물이라는 유혹을 이기긴 어려웠을 겁니다."

"장원을 빼앗겨? 단리세가가?"

"예, 그렇게 될 상황까지 몰렸습니다."

"그들이 장원을 담보로 누군가에게 돈을 융통했다는 소리는 들은 적이 없다만……?"

중원의 부동산 거래에 대한 정보는 거의 모조리 꿰고 앉았다는 대륙 상회다. 부동산이 주요 취급 품목인 그들로서는 당연한 일이었다.

그런 정보에서 단리세가의 장원에 대한 이야기는 들은 적이 없었던 것이다.

"담보 문제가 아닙니다."

"하면?"

"관에서 몰수했습니다."

"몰수? 관에서 그럴 수 있는 권리가 없었을 텐데?"

"우습게도 단리세가의 장원이 대리국 왕실 재산으로 등재되어 있었던 모양입니다."

"아니, 어째서?"

"수백 년 전에 대리국 왕실이 단리세가의 사조에게 하사해 놓고서는 서류상 정리를 하지 않았던 것 같더군요."

"하면 요사이 단리세가가 어려워진 것도?"

"점창이나 독문에 이권을 빼앗긴 탓도 있지만, 그동안 단리세가의 소유였던 점포나 전장들을 장원과 같은 이유로 몰수당한 것이 컸습니다."

"대리국이 무너진 것이 벌써 몇 년 전인데 왜 이제야……?"

"최근 독문이 욱일승천의 기세로 덩치를 불려 가면서 동시에 벌어진 일인 것으로 보아선… 아무래도 그들이 손을 쓴 모양입니다."

"독문이?"

"예, 단리세가에선 거기다 대리국과의 전쟁에서 아들을 잃은 현 운남 순무를 또 하나의 원흉으로 지목하더군요."

"아! 그 이야기는 들은 적이 있다. 노른자라는 하남 순무를 거부하고 운남 순무로 나간 사람이라 한동안 그의 이야기가 세간에 자자했었으니까."

"예, 복수를 위해 운남으로 왔다는 평이 지배적이지요. 그의 부임 이후 대리국 왕실과 연관이 있다는 곳은 모조리 피해를 입고 있습니다."

유충의 말에 연직이 못마땅한 표정을 지었다.

"이미 패한 곳이거늘… 승자의 아량이란 말을 모르는 자로구나."

"그에겐 아마도 아들을 앗아 간 원수의 땅으로만 보이는 모양입니다."

"쯧, 어찌 그런 자를 순무로 보낸 것인지……."

"그 부문에선 명 황실이 고의적으로 그의 청을 수락했을 것이라는 평이 지배적이더군요."

"아니, 왜?"

"여전히 남아 있는 대리국 부흥 세력의 씨를 말릴 생각이라는 것이 세간의 생각입니다. 제가 생각하기에도 타당한 이유이고요."

"흠… 그럴 법도 하구나."

연직의 수긍에 유충이 말을 이었다.

"여하간 단리세가가 장원을 내주어야 할 시기는 이제 두 달 남았습니다. 그로 인한 조바심을 도군이 이겨 내지 못한 것 같습니다."

"어려움을 겪고 있다곤 하지만 단리세가에 그만한 돈이 없었다고?"

"운남승선포정사사가 요구한 금액이 자그마치 금자 이백

돈 싸움 • 179

만 냥입니다."

"이, 이백만 냥!"

연직이 기함을 할 만큼 어마어마한 돈이다. 막말로 대륙상회가 일 년에 벌어들이는 금액을 몇 배나 초과하는 액수였던 것이다.

"그 돈을 내느니 차라리 이사를 가고 말겠다."

"단리세가도 그것을 택하고자 했던 모양입니다만……."

결론부터 말하자면 이사를 하지 못했다. 관부에서 단리세가가 운남에 있는 토지나 건물을 사지 못하도록 끈질기게 방해를 한 까닭이었다.

"정히 운남에서 어렵다면 그곳을 떠나는 것도 방법이 아닐까 싶다만."

"그렇지 않아도 귀주나 광서로의 이전이 심각하게 거론된 적도 있는 듯했습니다만… 장로 회의에서 부결되었답니다."

"아니, 왜? 그들도 어려움을 알고 있을 터인데?"

"다리 밑에서 천막을 치고 살아도 운남… 단리의 고향을 버릴 수 없다는 것이 이유였습니다."

상인의 생각으론 도무지 이해할 수 없는 결정이지만, 당사자들이 그렇게 하겠다는데 달리 할 말도 없었다.

"답답한 사람들이지만 그 자신들의 선택이라면……. 그나저나 우리가 단리세가로 갈아탄 이상 도군을 모른 척할 수 없게 되었다만."

"예, 그렇지 않아도 상회의 지휘권을 확보하는 대로 자금을 풀어 방면을 추진해 볼 생각입니다."

"그래야지. 그러자면 본회로 들어가야 하는 게 아니겠느냐?"

"본회는… 위험합니다."

"왜? 다시 암습을 받을 것을 걱정하는 게냐?"

"그것보다는… 본회를 주사부의 수 노가 장악하고 있는 모양입니다."

"수 노가… 역시 그가 이 일의 배후겠지?"

"도찰원의 관리들까지 죽어 나간 마당에 주사부의 인물들만 상하지 않았다는 것이 그것을 반증하는 것이겠지요."

"하면 여기서 상회를 움직여 볼 생각인 게냐?"

"예. 해서 각 지단으로 전서를 띄웠습니다. 조만간 회답들이 올 것입니다."

유충의 답에 연직의 고개가 끄덕여졌다. 이제 상회의 전권을 장악하는 순간 복수가 시작될 것이란 생각 때문이었다.

† † †

연직이 도착한 지 사흘, 그들이 기다리는 소식들이 도착하기 시작했다. 하지만 그 소식이 전해 준 답은 꽤나 가혹했다.

"이, 이게 무슨 소리요? 본회를 따르다니?"

표현이 본회지, 그곳에서 대륙 상회를 움직이고 있는 이가 수 노인 것을 모르는 지단은 존재하지 않았다. 그러니 그들은 소회주인 유총이 아니라 수 노를 따르겠다는 의미였다.

믿기지 않는다는 유총의 물음에 광서 지단주는 무거운 음성으로 말했다.

"여기 도착한 전서들을 보시면 아시겠지만… 섬서 지단뿐이 아닙니다. 하남과 산서, 산동은 물론이고, 하북이라 불리는 북직례와 강소라 불리는 남직례도 본회를 따르겠노라고……."

지단이 설치되어 있지 않은 운남과 요동을 제외하면 열두 개의 지단 중 여섯 개의 지단이 본회를, 수 노를 따르겠다는 소리였다.

"이 상황대로라면 북쪽 지단들은 모조리 배신한 셈이로군."

유총의 말대로다. 호광을 기점으로 북쪽에 위치한 지단들은 모조리 소회주인 유총, 자신을 배신한 셈이다.

그렇게 보면 본회가 위치한 호광과 인접한 사천과 강서가 자신을 따라 준 것이 고마울 지경이었다.

그 덕에 지단의 수로는 절반을 확보한 셈이었다.

하지만…

"수로는 절반이다만… 그 상황이 좋지 않구나. 자칫 잘못하면 껍데기만 남게 될 수도 있다."

연직의 말대로다. 가장 물산이 풍부한 하남과 소비가 왕성한 북직례와 남직례가 빠졌다.

부동산이 주요 취급 품목인 대륙 상회가 물산과 소비에 왜 그리 지장을 받느냐고 물을 수도 있지만, 그건 하나만 알고 둘은 모르고 하는 이야기다.

물산이 풍부하다는 것은 그만큼 소득이 높다는 소리다. 그것은 소비가 왕성한 북직례와 남직례도 마찬가지다. 돈이 많아야 소비도 왕성하게 할 수 있는 것이니까.

당연한 이야기겠지만 돈이 있어야 부동산을 산다. 그리고 그것은 대륙 상회의 가장 커다란 고객들을 유총이 상실했다는 것을 의미했다.

"우선은 되돌릴 방법을 모색해 보고 정히 안 되면… 방법을 달리해 보는 수밖에요."

"달리 취해 볼 방법이 있긴 한 것이고?"

걱정스레 묻는 연직에게 유총이 고개를 끄덕였다.

"예전부터 생각해 오던 것이 있습니다. 어쩌면 지금이 그것을 실행해 볼 기회일지도 모르지요."

유총의 답에도 불구하고 연직은 얼굴에 떠오른 걱정의 빛을 지우지 못했다.

보름간의 설득에도 불구하고, 본회을 따르겠다는 지단들

의 결정은 번복되지 않았다.

물론 보름이라곤 하지만 실제로는 두 번의 전서가 왕복한 것에 불과했다. 하지만 떨어진 거리상 그 이상의 시도는 유총에게도 불가능했다.

결국 유총은 자신을 따르기로 한 대륙 상회의 절반으로 새로운 사업을 구상할 수밖에 없었다. 기존의 판로를 본회의 수 노가 완벽하게 장악한 까닭이었다.

그리고 또 하나 심각한 문제에 봉착했다.

"현재 남부 지단들에 남은 여유 자금이 바닥 수준입니다."

단기간의 소요 자금을 제외한 거의 모든 자금을 전표가 아니라 부동산으로 보유한 까닭이었다.

이제 필요 자금을 마련하려면 지단들이 소유하고 있는 부동산을 매각해야만 했다.

하지만 그 부동산을 사 줄 큰손들은 대부분 본회가 장악한 북직례와 남직례, 또는 하남에 몰려 있었다.

"급한 대로 보유 부동산을 가지고 자금을 융통해 봅시다. 황금 전장이나 하남 상단의 지단들에 협조를 구하면 가능하지 않겠소?"

유총의 말에 광서 지단주가 고개를 저었다.

"그렇지 않아도 일부 부동산을 담보로 자금 융통을 시도해 보았습니다만… 황금 전장 남녕 지부가 대출을 거부했습니다."

"이유라도 있는 거요?"

"대륙 상회 본회의 승인이 없이는 담보로 인정하지 말라는 본 장의 명을 받았답니다."

본회에 있는 수 노가 손을 썼다는 뜻이리라.

"하면 하남 상단에 요청해 보시오."

"그것도… 하남 상단은 아예 소회주님의 이름을 거론했습니다. 다시는 거래하지 않겠노라고……."

"왜? 이유가 뭐요?"

"회주께서 하남 상단으로 돌려주라고 맡긴 점포들을 소회주께서 임의로 처분하셨다고… 하남 상단을 모욕한 처사라고 격앙되어 있었습니다."

단리세가의 급한 불을 끄기 위해 처분한 이권들은 유평이 하남 상단에 돌려주고 설득해 보라고 연직에게 맡겼던 것들이었기 때문이다.

미처 그 부분까지 생각지 못했던 유총과 연직으로서는 난감한 일이 아닐 수 없었다.

"그럼 돈을 마련할 곳이 없단 말이오?"

"광서 쪽에 있는 몇몇 중소상가와 협의를 진행 중이긴 합니다만, 그들이 본회의 눈치를 보는 듯합니다."

그들을 탓할 수는 없다. 대륙 상회의 속내를 명확히 모르는 이들이 보았을 땐 철없는 소회주의 반항으로 비칠 수도 있기 때문이다. 그리고 그럴 만큼 유총은 좋지 않은 소문을 많이 달고 있었다.

이럴 줄 알았다면 부친을 향한 반발심으로 사고를 저지르지 않을 걸 하는 후회가 일었지만, 소용없는 후회였다.

그 탓에 표정이 어두워진 유총이 물었다.

"성사 가능성은 있겠소?"

"그간의 정리상 약간의 자금은 마련할 수 있겠습니다만… 그것으론 광서 지단의 운용 자금으로도 부족할 것입니다. 아무래도 다른 쪽을 알아보시는 것이 좋을 듯합니다."

"다른 쪽? 그럴 만한 곳이 있소?"

"그게… 최근에 주목할 만한 소문이 있긴 합니다만……."

"주목할 만한 소문? 그게 무엇이오?"

"계림의 진마벽가가 원나라의 보물을 발견했다고 합니다."

"진마벽가가?"

"예."

광서 지단주의 말에 연직과 여루를 차례로 바라본 유총이 믿어지지 않는다는 표정으로 말했다.

"자그마치 칠만의 병사를 풀었어도 찾지 못한 것을 그들이 찾았단 말이오?"

"예, 소문은 분명 그리 말하고 있습니다."

"언제부터 퍼지기 시작한 소문이오?"

"제가 접한 것도 며칠 되지 않습니다, 소회주님."

광서에서 이루어지는 돈의 흐름에 관한 정보가 가장 빨리 모이는 광서 지단주가 며칠 전에 접한 소문이라면 이제 막 퍼지기 시작한 것이란 의미였다.

"사실 확인은 해 본 것이오?"

"아직은……. 소문의 신빙성을 재 보느라 지켜보는 중이었습니다."

"그럼에도 입에 담았다는 것은……?"

뒷말을 흐리는 유총에게 광서 지단주가 고개를 끄덕였다.

"생각하시는 대로 소문에 신빙성이 있기 때문입니다."

"어떤 신빙성이 말이오?"

"어제 광서승선포정사사의 좌참정(左參政:종2품 관리)이 이끄는 행성의 호부 관리들이 진마벽가로 급파되었다는 정보가 있습니다."

"좌참정이?"

좌참정이면 성주인 순무와 승선포정사의 장인 포정사를 빼곤 가장 높은 고관이다. 그런 이가 직접 나섰다면…….

"보물… 인지 아닌지는 모르겠다만, 거대한 이권을 차지한 것만은 확실하겠구려."

"그렇습니다, 소회주님."

"광서 지단주가 그런 상황에서 소문을 거론한 것은 아마도 그쪽에서 돈을 융통할 수 있지 않을까 하는 기대 때문이겠지요."

돈 싸움 • 187

"맞습니다. 지금 상황에서 우리가 필요한 정도의 막대한 자금을 동원할 수 있는 곳은 진마벽가, 그곳뿐이니까요."

물론 소문이 사실이어야만 했다. 하지만 이미 언급한 대로 좌참정씩이나 하는 고관이 행성의 호부 관리들과 급파되었다면, 그들이 관심을 가질 만큼 막대한 재물이 진마벽가 쪽에 생겼다는 의미였다.

그것은 보물이든 아니든, 진마벽가에 그럴 수 있을 정도의 능력이 생겼음을 의미했다.

하지만 정작 문제는 그 진마벽가와 유충이 이미 등을 졌다는 것이었다. 그 생각에 주름에 미간을 찌푸리는 유충에게 연직이 슬쩍 말을 건넸다.

"혹 네가 직접 진마벽가의 사람을 만나 본 적이 있더냐?"

"그런 적은 없었습니다."

"하면… 단리세가를 앞세워 팽가와 연을 끊을 때 네 입김이 작용했다는 것을 그들이 알지 못한다는 소린가?"

"아버님이 나서서 처리하신 일이니… 아마도 그럴 것입니다."

유충의 답에 얼굴이 조금 밝아진 연직이 말했다.

"하면 가능성이 있을 수도 있지 않겠느냐?"

"설마 저보고 아버님이 하신 일을 부정하란 말씀이십니까?"

"부정이 아니라 협상의 여지를 두란 말이다."

"어찌 말씀이십니까?"

유총의 물음에 연직이 말을 이었다.

"아버님의 결정을 뒤집진 못하나 광서에 대한 이권은 인정한다고 말하는 게다."

"그것이 먹히겠습니까? 팽가가 겨우 광서의 이권에 매여 받아들일 거라곤 생각할 수 없습니다, 외숙."

부정적인 유총에게 연직이 숨어 있는 이면을 설명했다.

"물론 상대가 팽가라면 그렇다. 하지만 그들은 어디까지나 배후지 진마벽가 본연이 아니다. 표면적으로 진마벽가가 기존에 가지고 있던 이권은 광서뿐이었다. 그걸 돌려주겠다는데 거부할 이유는 없다. 만약 그럼에도 불구하고 거절한다면 그것은 만천하에 진마벽가가 팽가의 하부 조직이라는 것을 인정하는 꼴이 될 게다."

"그 말씀은 그렇기 때문에 거절하지 않을 것이란 말씀이시군요."

"그렇지. 그렇게 관계가 회복된 상태에서 거저 달라는 것도 아니고, 우리의 부동산을 담보로 잡고 돈을 빌려 달라는 요청을 거부할 이유는 없다."

한마디로 거부할 수 없다는 뜻이다. 연직의 말을 천천히 곱씹던 유총이 고개를 끄덕였다.

"타당성이 있습니다. 접촉을 해 봐야겠습니다."

"네가 직접?"

"예. 지금 상황에서 사람을 보낸다는 것은 있을 수 없는 일이니까요."

"그건 그렇지만… 안위가 위협받을 수도 있다."

"차라리 진마벽가에 있는 것이 더 안전할 수도 있습니다."

"왜?"

"흉수가 절 노린다면 진마벽가로 들어와야 하는데, 아시다시피 진마벽가의 배후엔……."

"팽가가 있지. 더구나 진마벽가에서 누군가가 죽어 나간다면 애써 확보한 광서에서의 진마벽가의 패권이 흔들리게 될 터. 그렇구나, 팽가가 가만있지 않겠어."

"예. 일거양득이라고, 제가 직접 가는 것이 좋을 듯합니다."

유총의 말에 연직이 고개를 끄덕였다.

"옳은 말이다. 가는 동안에만 조심한다면 그것이 이곳보다 안전하다는 것은 맞겠다."

"하면 소질은 진마벽가를 다녀오겠습니다."

"그리하거라."

고개를 끄덕이는 연직에게 유총이 작은 음성으로 말했다.

"최근까지 광서 지단주와 함께 주사들을 회유하거나 제거하고 있습니다만… 아직도 손을 대지 못한 이들이 많습니다. 그 점을 유념하십시오."

"알겠다. 너도 조심해야 할 게다. 지부장의 부재로 주사들이 실권을 장악한 계림 지부는 특히 더."

연직의 걱정에 유총이 고개를 끄덕여 보였다.

"명심하겠습니다."

"그래, 조심해서 다녀오고."

"예. 하면……"

그길로 바로 계림으로 향하는 유총의 뒷모습을 연직과 광서 지단주가 걱정스런 얼굴로 바라보고 있었다.

제35장
죽 쒀서 개 주다

 광서 지단주의 말처럼 진마벽가는 원나라가 숨겨 둔 보물을 찾았다. 그것도 산처럼 많은 보물을…….

 지난 한 달 동안, 오백여 대의 마차와 칠백여 명에 이르는 무사들을 모조리 동원하여 실어 날랐음에도 절반밖에 이동시키지 못했을 정도였다.

 그 덕에 벽갈평의 입은 좋아서 찢어지기 직전이었다. 마찬가지로 걱정과 근심이 가득하던 세가의 가솔들과 무사들의 얼굴에도 함박웃음이 걸렸다.

 광서승선포정사사의 좌참정이 오기까지는 말이다.

 "무, 무슨 말씀이십니까? 보, 보물을 내놓으라니요?"

 보물이 있는 동굴을 지키고 있는 벽사흔의 부재 때문에

가주 대리로 나선 벽갈평은 하늘이 무너지는 듯한 표정이었다. 그런 그에게 좌참정이 서류를 하나 내밀며 말을 이었다.

"말한 그대로일세. 여기 이 서류를 보면 알겠지만, 지난 여파 사태가 해제되면서 황제 폐하께서 내린 포고령엔 분명 향후 원나라의 보물이 발견된다 하더라도 그 소유권은 황실이 갖는다고 쓰여 있네."

"세, 세상에 그런 법이 어디에 있답니까? 예로부터 보물은 발견한 자의 것이 아닙니까?"

"다른 보물이라면 그렇겠지만, 원나라의 보물은 침략자인 원이 강탈한 이 땅의 보물들이 아닌가? 그것을 누군가가 독차지한다는 것은 결코 바람직한 일이 아니라는 황제 폐하의 뜻일세."

이건 완전히 날강도 심보였다. 가만히 앉아서 발견자의 이권을 그대로 빼앗아 가겠다는 소리였기 때문이다.

"그, 그래도 이건……."

말을 잇지 못하는 벽갈평에게 좌참정이 험악한 표정으로 위협을 가했다.

"설마 황명을 위반하겠다는 것은 아닐 것이라 믿네. 알겠지만, 황명에 대한 거부는 역적의 죄를 받네."

역적, 강호인이니 별로 심각하게 와 닿지 않는 말이었다. 그런 표정을 읽었는지 좌참정이 한 장의 서찰을 추가로 내밀었다.

"이것은 원나라의 보물을 그대로 납부하라는 황제 폐하의 칙서일세."

좌참정도 상대가 강호인이기에 대례를 올리고 받으라는 말은 하지 않았다. 그런 탓에 앉은 자세로 엉겁결에 받아 든 벽갈평에게 좌참의가 말을 이었다.

"이제 황제 폐하의 칙서를 받았으니 거부할 경우엔 역적 중에서도 가장 악질적인 죄인 대역죄를 받게 되네. 대역죄면 구족을 멸함이야. 감히 거부하지 않을 것이라 믿네."

"조만간 광서 향방군 이만이 수레를 가지고 도착할 것이니 그들이 오는 대로 보물을 걷어 갈 걸세. 그리 알고 준비를 갖춰 두게."

마른하늘의 날벼락 같은 이야기만 남겨 둔 좌참정은 그길로 광서승선포정사사로 돌아갔다. 무뢰배로 취급하는 강호인들이 무슨 짓을 저지를지 몰랐기 때문이다.

완전히 넋이 빠진 벽갈평을 대신해서 벽라가 해당 소식을 여파에 남아 있는 가주에게 전하도록 지시했다.

전언을 가진 벽가의 무사가 여파로 출발한 지 오 일, 이만의 향방군이 일차로 보물을 실어 나간 지 이틀 만에 벽사흔이 달려왔다.

시간상으론 전언을 가진 벽가의 무사가 겨우 여파에 도착했을 시간인데 벽사흔이 모습을 드러내니 벽라가 꽤나 놀란

죽 쒀서 개 주다 • 197

모습으로 그를 맞았다.

"돌아오셨습니까, 가주님?"

침통한 벽라의 말은 귀에 들어오지도 않는지 벽사흔이 거칠게 물었다.

"그게 무슨 소리야, 보물을 다 빼앗기다니? 도대체 어떤 새끼한테 당한 거야!"

전언을 가져간 무사가 도대체 무어라 전했는지 이상한 소리를 해 대는 벽사흔에게 벽라가 좌참정이 놓고 간 서찰들을 내보이며 사정을 설명하기 시작했다.

"빌어먹을!"

거칠게 서찰을 내려놓는 벽사흔의 표정은 사정없이 구겨져 있었다.

"어찌할까요?"

조심스러운 벽라의 물음에 벽사흔이 고개를 저었다.

"더럽게 억울하지만… 어쩔 수 없는 일이다."

"그럼… 정말 이렇게 빼앗기는 것입니까?"

"당장 수만, 수십만의 황군과 싸울 생각이 아니라면… 방법이 없어."

벽사흔의 답에 벽라는 힘없이 주저앉았다. 그리고 언제 와 있었는지 벽갈평이 땅을 치며 대성통곡했다.

"크어어어어엉, 허엉~"

그 모습을 일별한 벽사흔은 그저 시선을 돌려 먼 산을 바라볼 뿐이었다.

 벽사흔이 도착한 지 이틀, 온몸에 붕대를 감은 송찬과 팽렬이 씩씩거리며 달려왔다.
 "어느 새끼야? 도대체 어떤 시러베아들 같은 새끼가 내가 찾은 보물을 빼앗아 가! 아주 골을 빠개 버리겠어!"
 들어서면서부터 고래고래 소리를 질러 대는 팽렬에게 서찰 하나가 무시무시한 경력으로 날아들었다.
 퍽-
 그걸 맞고 팽렬이 기절하자 놀란 송찬의 시선이 서찰이 날아온 곳으로 향했다.
 "왜?"
 "그렇게 막말로 부를 수 있는 상대는 아니니까."
 벽사흔의 답에 송찬이 고개를 갸웃거렸다.
 "도대체 누군데?"
 "황제."
 "뭐?"
 "황제라고."
 "아니, 황제가 왜 우리 보물을?"
 송찬의 물음에 벽사흔이 팽렬을 기절시킨 흉기로 사용된 서찰을 가리켰다.
 "읽어 봐."

벽사흔의 말에 송찬이 서둘러 서찰을 주워 펼쳐 들었다.

 "흐음……."

 읽어 내려가는 송찬의 입에서 신음이 흘러나왔다.

 "방법… 없는 건가?"

 서찰을 다 읽은 송찬의 물음에 벽사흔이 고개를 저었다.

 "칙서까지 내려온 마당에 무슨 방법을 써. 엿 같이 눈 뜨고 다 빼앗기는 거지."

 "하나도 못 건지고?"

 "그래."

 "조금만 슬쩍하면 모르지 않을까?"

 미련을 버리지 못하는 송찬에게 벽사흔이 툭하니 쏘아붙였다.

 "거기 적혀 있는 거 못 봤어? 은붙이 하나라도 빼돌렸다간 구족을 멸하겠다잖아."

 "내가 슬쩍하면 되지. 난 벽가 성을 안 쓰잖냐."

 꽤나 묘책을 생각해 낸 듯이 눈을 반짝이는 송찬에게 벽사흔이 콧방귀를 뀌었다.

 "거기 잘 읽어 봐라. 동조한 자들도 모조리 구족을 멸한다잖아."

 벽사흔의 말에 다시 서찰을 읽은 송찬의 눈빛이 검게 죽었다.

 "더럽게 치사하네."

그것으로 끝이었다.

벽사혼이 두 손을 들고 포기한 지 보름, 벽가 무사의 안내를 받은 귀주 향방군 이만이 여파에 남아 있던 보물을 모조리 긁어 가는 것을 지켜보았던 무사들이 빈 수레를 이끌고 돌아왔다.

차라리 처음부터 없었던 것이 좋았다. 한껏 부풀어 올랐다 실망하니 마치 바람 빠진 풍선처럼 세가의 무사들과 가솔들이 축 처졌다.

거기다 벽갈평은 시름시름 앓기 시작했다. 워낙 고령이었던 데다, 충격이 컸던 모양이다.

† † †

유총이 진마벽가에 도착한 건 바로 그때였다.

수문 위사의 안내를 받아 진마전으로 들어선 유총은 꽤나 정중하게 인사를 건넸다.

"대륙 상회의 소회주인 유총이 진마벽가의 가주께 문안을 여쭙니다."

한때는 죽이라고 거금을 들여 사주까지 했던 이를 상대로 고개를 숙이리라고는 전혀 생각지 못했지만 지금은 유총, 자신이 다급하니 별수 없었다.

"무슨 일이지?"

"대륙 상회와 진마벽가 사이에 몇 가지 오해가 있기에 그것을 풀고자 찾아뵈었습니다."

"오해?"

"예, 대협."

"무슨 오해?"

벽사흔의 물음에 유충이 답했다.

"대륙 상회는 진마벽가가 가진 광서에서의 보호 임무를 해제한 적이 없다는 것을 상기시켜 드리러 찾아뵈었습니다."

"그게 무슨 소리지?"

의아해하는 벽사흔에게 유충은 미소를 지어 보였다.

"말 그대로입니다. 대륙 상회는 광서에서 의지할 곳으로 여전히 진마벽가를 생각하고 있다는 말씀을 드리는 것입니다."

"그러니까, 보호세를 계속 내겠다?"

"맞습니다."

유충의 답에 벽사흔이 혼란스런 표정으로 물었다.

"그 말 확실한 건가?"

"예, 확실합니다."

"하면 팽가는?"

벽사흔으로서는 자신들이 팽가로부터 빼앗아 온 권리이기에 묻지 않을 수 없었던 것이다. 하지만 유충은 달리 생각했다.

"진마벽가의 문제를 의논하는 자리입니다. 이곳에 팽가와 저희 대륙 상회 간의 일이 문제가 되는 것입니까?"

"그, 그야 아니지."

"저 역시 그럴 것이라 생각했습니다."

하긴 벽사흔의 입장에서 팽가가 권리를 되찾든지 아니든지는 상관이 없었다.

"그럼 그에 대해선 믿어도 좋겠지?"

"상인의 신의를 걸고 맹세하겠습니다."

"좋아. 그럼 그렇게 믿지."

벽사흔의 답에 유충이 고개를 숙였다.

"감사합니다."

"감사는 무슨……. 오히려 내가 고마워해야 할 일이지."

벽사흔의 반응으로 분위기가 조성되었다고 판단한 유충이 자신이 진마벽가를 찾아온 진짜 용건을 꺼내 들었다.

"그나저나 원나라의 보물을 발견하셨다고 들었습니다."

"벌써 소문이 났나?"

"예, 알 만한 사람들은 다 알더군요."

"그래? 이래저래 체면만 구기게 생겼군."

"예? 보물을 찾아내셨는데 왜 체면을 구기십니까?"

유충의 물음에 벽사흔이 계면쩍은 표정으로 말했다.

"그거 다 빼앗겼거든."

"빼… 앗겨요?"

"그래."

벽사흔의 답에 유총이 경악성을 터트렸다.

"누가 감히 팽… 진마벽가의 보물을 빼앗아 갔단 말씀이십니까?"

"황제."

"예?"

"황제가 다 뺏어 갔다고."

벽사흔의 답에도 불구하고 유총은 도무지 믿기지 않는다는 표정으로 물었다.

"북경… 자금성에 사는 그 황제 말씀이십니까? 명나라의 그 황제?"

"그래, 그 황제."

"아니… 황제가 왜……?"

"그게 여파 지역에서 나온 원나라의 보물은 황실의 소관이라고 못을 박아 놨더라고. 빌어먹을. 그 탓에 아얏 소리 한번 못해 보고 죄다 뺏겼지."

"아, 아무리 황제라지만 어찌 그런……. 불복은 해 보셨습니까?"

왜인지 모르게 잔뜩 흥분한 유총의 물음에 벽사흔이 고개를 저었다.

"칙서까지 내려온 마당에 불복은 대역이야. 너… 대륙 상회의 소회주라고 했던가?"

"예, 대협."

"그럼 대역죄의 형량이 뭔지 알지?"

"그야 구족을……."

답하면서 얼굴이 검게 죽어 가는 유총을 보며 벽사흔이 피식 웃었다.

"그래, 구족을 멸족시키지. 보물? 아깝지. 할 수만 있다면 어떻게든 안 주고 싶지. 하지만 그렇다고 생때같은 식구들을 모조리 황천길로 보낼 수는 없는 거잖아."

벽사흔의 답이 귓가에 맴도는 유총이었다.

정작 얻어야 할 것은 못 얻고, 광서에서의 진마벽가의 권리만 확인시켜 준 꼴이 된 유총은 축 처진 어깨로 다시 광서지단이 있는 남녕으로 돌아갔다.

† † †

보물을 빼앗겨 실의에 빠져 있던 진마벽가에 작지만 새로운 활기가 생겼다. 꼼짝없이 빼앗긴 줄만 알았던 대륙 상회의 보호세를 그대로 받게 되었다는 소식이 전해진 까닭이다.

병석에 누워 시름시름 하던 벽갈평이 자리를 털고 일어난 것도 그 소식을 들은 지 이틀 만이었다.

"회의장에서 얼굴을 보니 기분이 좋구먼. 몸 좀 사려."

가주의 말에 벽갈평이 고개를 숙였다.

"염려를 끼쳐 드려 송구합니다, 가주님."

"송구는 안 찾아도 되니까. 건강하기나 하라고."

"예, 명심하겠습니다."

고개를 숙이는 벽갈평을 바라보며 벽사흔이 물었다.

"소식은 들었을 것이고, 그럼 문제는 해결된 건가?"

"그것이… 소식을 들었을 때만 해도 그럴 것이라 생각했습니다만, 속을 파고드니 조금 복잡합니다."

"뭐가 또?"

미간을 찌푸린 벽사흔의 물음에 벽갈평이 그간 대륙 상회에서 벌어졌던 일들을 설명했다.

"언제 그런 거야?"

"최근 한 달 사이에 벌어진 일들입니다. 그러니까… 우리가 보물을 발견하면서 다른 곳에 신경 쓸 겨를이 없는 사이에 벌어진 일이지요."

"그랬군. 그럼 대륙 상회가 사실상 두 조각이 난 건가?"

벽사흔의 물음에 벽갈평이 고개를 끄덕였다.

"그렇습니다. 대륙 상회의 소회주, 그러니까 우리를 찾아왔던 유충이란 사람이 일부 지단들의 지지를 얻으면서 나름대로 발판을 마련했습니다. 그들을 일러 사람들이 남 대륙 상회라 부르고 있습지요."

"남 대륙 상회?"

"예. 그가 지지를 획득한 지단들이 남쪽에 몰려 있는 까닭입니다."

"그럼 나머지가 북 대륙 상회?"

"맞습니다. 본회가 장악한 지단들을 일러 사람들이 그렇게 부르고 있습니다."

"웃기는 상황이군. 그나저나 적자, 아니 정통성이라고 해야 하나? 그건 어느 쪽이야?"

"둘 다 애매합니다. 한쪽은 회주가 사라졌지만 본회를 장악한 쪽이고, 다른 한쪽은 상회의 후계자이니까요."

벽갈평의 설명에 벽사흔이 물었다.

"단리세가는 어느 쪽에 섰어?"

"그게… 이미 말씀드렸다시피 도군이 갑자기 대륙 상회를 떠난 바람에 회주에게 문제가 생긴 거나 마찬가지입니다. 더구나 이후에 단리세가가 어느 쪽을 지지한다고 말한 적도 없고, 행동한 적도 없습니다."

"그럼 단리세가가 흉수와 한편일 수도 있다는 말인가?"

"그건 아닌 듯싶습니다."

"왜 그렇게 생각하지?"

"도군이 여파에서 추포된 강호인들 명단에 들어 있기 때문입니다."

벽갈평의 말에 벽사흔이 믿기지 않는다는 표정을 지었다.

"뭐야, 그럼 그 작자가 보물 욕심 때문에 자리를 벗어났었다는 거야?"

"그런 것 같습니다."

"별… 하긴 자식이 생긴 게 돈 밝히게 생겼더라. 그럼 둘 다 보호 문파가 없는 건가?"

도군이 그럴 수밖에 없었던 단리세가의 사정을 설명하기 위해 준비해 온 정보는 벽사흔의 간단한 평가로 휴지 조각이 되었다. 그렇다고 구태여 설명할 생각도 없었다. 단리세가나 도군이나 돈 때문에 벌어진 일인 것은 맞는 말이기 때문이다.

"북 대륙 상회는 경우가 조금 다릅니다."

"어떻게 다른데?"

"세간에 떠도는 정보로는 북 대륙 상회가 필이라 불리는 관부 세력에 자금을 대기로 했답니다."

"필에게?"

"예. 한데 그들에 대해… 아십니까?"

"대충은……."

벽사흔의 답으로 인해 열 장 넘게 준비해 놓은 필에 대한 설명은 소용이 없어졌다. 하지만 아쉽지는 않았다. 읽어도 읽어도 좀처럼 이해가 가지 않는 관부의 세력 싸움에 대해 설명하지 않아도 되었으니까 말이다.

"여하간 그들에게 자금을 대는 대가로 관부의 비호를 받게 되는 모양입니다."

"관부의 힘은 그들이 발전하는 데 필요한 일들에 도움을 줄 수는 있겠지만 강호에서 일어나는 알력 싸움에는 도움이 되지 않을 텐데. 내가 잘못 생각하는 건가?"

"아닙니다. 제대로 보고 계신 것입니다. 실제로 그간 필에 자금을 대 왔던 하남 상단도 별도로 보호 문파를 두고 있었으니까요."

"그들은 어디와 연을 맺었지?"

"화산파입니다."

"화산?"

"예. 관부, 특히 필의 주축인 문관들과 화산의 연이 깊습니다. 그 덕에 하남 상단의 뒤를 화산이 봐주면서 꽤 많은 보호세를 받고 있는 것으로 알려져 있습니다."

벽사흔도 들어 본 적이 있는 것 같았다. 그다지 관심을 기울이지 않아서 자세한 내용을 기억하진 못했지만 말이다.

"그럼 북 대륙 상회라는 곳도 화산의 보호를 받게 되는 건가?"

"그건 두고 봐야 확실해지겠습니다만… 화산일 가능성이 높은 것은 분명합니다."

"남 대륙 상회가 보호 문파를 제대로 세우지 못하는 상황에서 북 대륙 상회가 화산파와 연을 맺으면 어찌 되는 거지?"

"화산파와 북 대륙 상회 간에 맺은 보호 계약의 내용에 따라 다를 것입니다. 만약 북 대륙 상회가 보호 대상에 내부 분란에 개입한다는 조항을 추가하는 것에 성공한다면 남 대륙 상회는 화산파의 무력시위 내지는 실제적 공격에 노출될 것입니다."

"그렇게 되면 우리랑 남 대륙 상회가 맺은 계약은……?"

"휴지 조각이 되는 겁니다."

벽갈평의 답에 벽사흔의 미간에 주름이 잡혔다.

"별로 듣기 좋은 소리는 아니로군."

"그렇습니다."

"해결 방법은 없나?"

"두 가지가 있습니다. 첫 번째는, 우리에게 했던 대로 팽가에 다시 고개를 숙이는 것입니다. 물론 이 경우엔 팽가가 어찌 나올까가 문제입니다만… 이건 북 대륙 상회가 화산파와의 보호 계약을 언제 체결하느냐가 관건일 것 같습니다."

"왜?"

"화산파가 북 대륙 상회와 보호 관계로 들어가면 남 대륙 상회의 손을 팽가가 다시 잡아 주기 어렵게 되기 때문입니다."

"어려울 게 뭔데?"

"자칫 두 대륙 상회를 대신해 화산파와 팽가가 피를 흘려야 할지도 모르기 때문입니다."

"화산과 팽가라……. 붙으면 누가 이길까?"

벽사흔은 그 둘이 충돌하면 흐르게 될 피의 양보다는 승자에 관심이 있는 모양이었다.

"글쎄요. 보편적인 평가로는 팽가가 위에 있습니다만… 화산도 만만치 않은 세력을 보유하고 있습니다. 그리고 제일 중요한 것은 화산이 위험에 처하면 무당을 비롯한 구파일방을 구성하는 문파들의 지원이 있을 수 있다는 것입니다."

"그건 반칙이잖아?"

"강호에서 승자에게 반칙을 묻는 일은… 없습니다, 가주님."

"나도 발을 담고 살긴 했지만 하여간 더러운 놈의 바닥이야."

자신의 투덜거림에 희미하게 웃는 벽갈평을 못마땅한 표정으로 바라보며 벽사흔이 물었다.

"웃긴……. 첫 번째는 그렇고, 두 번째 방법은 뭐야?"

"두 번째는 남 대륙 상회가 관부에 잡혀 있는 도군을 구명하면서 단리세가와 다시 손을 잡는 것입니다."

"도군을 구명한다라……. 가능성은 있는 건가?"

"솔직히 말씀드리면 이것도 북 대륙 상회가 유리합니다. 필과 연을 맺은 이상 관부와의 유대감은 그들이 훨씬 깊을 것이기 때문입니다. 자칫 북 대륙 상회가 도군을 구명하고, 그 대가로 단리세가의 개입 자제를 요구한다면… 남 대륙 상회는 단리세가와 선을 댈 수 없을 것입니다."

"그럼 북 대륙 상회가 손을 쓰기 전에 도군을 빼내야 한다는 말이로군."

"그렇습니다."

"흠……."

침음을 흘리며 잠시 무언가를 곰곰이 생각해 보던 벽사흔이 물었다.

"도군, 그 자식만 빼 오면 남 대륙 상회는 살아날 수 있는 건가?"

"가능성이 높아질 겁니다."

"가능성만? 실질적으로 살아나는 게 아니라?"

"그건… 돈을 마련할 수 있는 자금 유통 구조를 남 대륙 상회가 얼마나 회복시키느냐가 관건입니다."

"자금 유통 구조?"

"대륙 상회가 취급하는 것들이 대부분 부동산이라는 것은 가주님도 아실 테고……. 말하자면 그 부동산들을 사 주거나 되팔 사람들을 확보하고 있느냐는 것입니다. 짐작하시겠지만, 그만한 재력을 가진 이들의 대부분은 북직례나 남직례, 또는 하남에 몰려 삽니다. 그리고 그곳은……."

"전부 북 대륙 상회가 장악한 곳들이군."

"바로 그렇습니다."

"그 말은 도군이 풀려나와서 단리세가가 남 대륙 상회와 다시 손을 잡더라도 우리에게 돈을 제대로 지급하지 못할 수도 있다는 소리고?"

"그것도 맞습니다."

벽갈평의 답에 벽사흔은 자신도 모르게 욕설을 내 뱉었다.

"이런… 빌어먹을!"

진마벽가의 회의는 벽사흔의 말처럼 빌어먹게도 제대로 된 답을 내리지 못하고 있었다.

† † †

벽갈평이 말했던 것처럼 북 대륙 상회를 장악한 수 노는 단리세가와 남 대륙 상회를 분리시키기 위한 물밑 작업을 벌이고 있었다.

"그러니까, 도군을 풀어 달라?"

"예, 대인."

자신을 찾아와 도군의 방면을 도와달라는 수 노를 지그시 바라보며 신국공이 물었다.

"놈이 나가면 남 대륙 상회에 붙으려 들 수도 있을 텐데?"

"그것을 방지하기 위해서 제가 방면을 부탁드리는 것입니다."

수 노의 말로 그가 무엇을 원하는지 알아차린 신국공의 입 가로 미소가 깃들었다.

"나쁜 방법은 아니로군. 은혜를 베풀어 적이 될 이를 가로

막는다. 나쁜 게 아니라 아주 좋아. 명분도 쌓고, 실리도 찾는 것이니. 알았네, 내 한번 알아보지."

"감사합니다, 대인."

"그리하고……. 죽은 도찰원 관리들 말일세."

신국공이 이번 혈겁의 와중에 죽은 도찰원 관리들을 거론하기 무섭게 수 노가 그들에 대한 처우를 밝혔다.

"그렇지 않아도 그들에 대한 대륙 상회 차원의 보상을 진행할까 합니다."

"좋은 계획이야. 그것이 분란을 일찍 잠재우는 효과를 볼 걸세."

"예, 대인."

고개를 조아리는 수 노를 바라보며 신국공이 말했다.

"그나저나 자네가 북 대륙 상회가 아니라 그저 대륙 상회라 부르는 것이 내 마음 한편에 쌓인 불안감을 해소해 주는군."

"소인은 대륙 상회를 나눌 생각이 추호도 없습니다, 대인."

"암, 그래야지. 내 그 일에 도움이 되라고 한 사람을 소개할까 하네."

툭-

말과 함께 던져진 옥패를 조심스럽게 받아 든 수 노에게 신국공의 말이 이어졌다.

"그걸 가지고 화산으로 가게. 좋은 연이 기다릴 걸세."

"감사합니다, 대인."

이마가 방바닥에 닿을 정도로 고개를 숙여 보이고는 뒷걸음질을 치는 수 노를 신국공이 불렀다.

"아! 자네."

"예, 대인."

"화산을 들렀다가 귀주로 가게. 도군의 일을 처리해 놓을 테니. 귀주에서 그를 방면시키게. 자네가 그를 방면시켜야 하는 이유는 설명하지 않아도 알겠지?"

"그에게 은혜를 지워 제가 명분을 가지라는 말씀이 아니십니까?"

"맞아. 강호인들이라는 것들은 특히 명분에 약하니까."

"감읍하옵니다, 대인."

다시 한 번 머리를 깊숙이 숙이는 수 노에게 신국공의 축객령이 떨어졌다.

"그곳에서도 그 옥패가 도움이 될 걸세. 이제 되었으니 물러가게."

"예, 대인"

수 노가 물러나자마자 호부상서가 들었다.

"입이 찢어져서 나가는군요."

"화산과 연을 맺어 주고 도군까지 내어 준다 했으니까."

"도군의 일이야 그렇다지만… 하남 상단에 이어 대륙 상회까지, 자칫 화산의 힘이 너무 강대해지지 않겠습니까?"

돈이 힘이 되는 세상이 바로 강호였기 때문이다.

실제로 강호 주력 세력에 끼지 못한 채 뒤로 처져 있던 화산파가 두각을 나타내기 시작한 것이 바로 신국공이 하남상단을 연결해 준 후였던 것이다.

그 재력을 발판으로 세력을 늘리고, 그렇게 탄탄해진 문파의 저력을 모조리 동원해서 강호십대고수인 매화검작을 탄생시킬 수 있었던 것이다.

그런 곳에 또 다른 거대 상가를 연결시킨다는 것이 호부상서는 불안한 모양이었다.

"강호를 부수고 흔드는 데 앞장세우자면 지금보다는 더 커져야겠지. 무당이 불안할 정도로 말이야."

"세력이 커지면 간도 커지는 법이라 하옵니다. 괜한 반항이라도 하려 들지 않겠습니까?"

"매화검작에 대해 우리가 쥐고 있는 비밀은 꽤나 크지. 그게 드러나면 그는 명예란 웃기지도 않는 두 글자에 목을 매는 강호에는 발을 붙일 수 없어."

흔히 정파라 부르는 백도인이기 때문이다. 그것은 호부상서도 동의하는지 더 이상 그에 대한 걱정은 거론하지 않았다.

"하옵고… 이번에 원의 보물을 찾은 곳 말씀이옵니다."

"광서의 무가였다면서?"

"예. 진마벽가라고, 팽가가 앞세운 어용문파일 가능성이 높은 곳입니다."

"팽가가? 무엇을 노리기에 어용문파까지?"

"남부에 대한 세력 확장이 아닌가 싶습니다."

"하긴 팽가가 너무 북쪽에 치우쳐 있긴 하지."

"그런 편입지요."

호부상서의 동의에 고개를 끄덕이던 신국공이 물었다.

"그나저나 진마벽가라… 어디서 들어본 것 같은데?"

"기억하시는군요. 일전에 소원소에 그 가주의 목을……."

"아! 대륙 상회가 원했었지. 기억이 났네."

신국공의 말에 호부상서가 미소를 지으며 물었다.

"그에 대해서 여쭐 것이 있습니다."

"말하게."

신국공의 허락에 호부상서가 조심스럽게 물었다.

"이미 대륙 상회의 회주를 우리 손으로 쳐 버린 이상, 중단해야 하지 않을지……. 어찌 할까요?"

"우리 손으로 끌어내렸다고 들어주지 않으면 앞으로 누가 소원소에 의뢰를 하겠는가."

"하오면 그대로 진행하올까요?"

호부상서의 물음에 신국공의 고개가 끄덕여졌다.

"그래야지……. 참! 그 일을 대도독부에 맡겼었는데, 어찌 되어 가는가?"

"자객 집단을 동원했던 모양입니다."

"자객 집단?"

"예."

"허허, 늙은 늑대들이 자존심을 버린 모양이로구나. 그래, 어디를 동원했더냐?"

"살막이라 합니다."

"살막이라……. 나름 괜찮은 수지. 어찌 되었다더냐?"

"아무래도 실패한 모양입니다."

"실패?"

놀라는 신국공에게 호부상서가 말을 이었다.

"아무래도 살막이 안이하게 대처했던 모양입니다."

"허허, 그런……. 해서 어찌한다더냐?"

"대도독부의 움직임이 다시 채근할 모양 같았습니다."

"그래야겠지. 성공시켜야만 내 손을 잡을 수 있을 테니까."

고개를 끄덕이는 신국공의 모습을 바라보던 호부상서가 조심스럽게 말했다.

"하옵고… 양 공공이 조금 이상한 짓을 했습니다."

"그 버릇없는 환관 놈이 무슨?"

"그것이… 은밀하게 살막에 선을 넣은 것으로 보입니다."

"동창 제독인 놈이 자객 집단을 찾아?"

신국공이 놀라는 것엔 이유가 있었다. 사실 동창엔 관부의 자객 집단이라 불리는 동창감찰조가 존재하기 때문이다.

 흔히 피를 쫓는 승냥이라 불리는 이들은 황제의 명령이나 동창 제독의 명령이 떨어지면 상대가 누가 되었든 수단과 방법을 가리지 않고 제거하기로 유명했다.

 오죽하면 전대 좌군도독을 암살하기 위해 좌군도독부 담당 구역 안에 거주하는 여진 부족들을 충동질해서 전쟁까지 일으켰던 작자들이다.

 물론 그것을 안 어림대장군에게 꽤나 혹독하게 대가를 치러야 했지만…….

 여하간 그런 조직을 보유한 동창의 수장이 외부의 자객 집단을 찾았다니 그 의도가 의심스러울 수밖에 없었다.

"예, 동창 제독이 누군가를 드러내지 않고 제거하길 원하는 모양입니다."

"놈이 누굴……?"

 묻는 신국공의 음성엔 알 수 없는 불안감이 가득 실려 있었다.

"그것은 미처… 살막도 그에 대해선 입을 다물고 있는 상황인지라. 다만, 우리 쪽 인사는 아니라는 확답은 들었습니다."

"그것으론 부족해. 양 공공, 그 너구리 놈이 누굴 노리는지 확실히 알아야겠네."

"혹시… 짚이는 것이라도 있으신 겁니까?"

"그건 아닐세만… 사람과 돈을 써도 좋으니 세세히 알아보게. 그렇다고 시일이 걸려선 곤란하네."

신국공이 동창 제독이 죽이려 드는 자에 대해 왜 관심을 가지는지 좀처럼 짐작할 수 없었지만, 이런 경우 호부상서가 할 수 있는 답은 하나뿐이었다.

"알겠습니다, 대인. 더 깊이 파 보겠습니다."

"빠른 시간 내에."

다시 한 번 시간을 강조하는 신국공의 음성에 호부상서의 고개가 깊숙이 숙여졌다.

"명심하겠습니다."

"하면 어서 서두르게."

축객령을 겸한 명에 호부상서의 고개가 다시 조아려졌다.

"예, 대인. 하오면 소인은 이만……."

뒷걸음질 치는 호부상서의 모습을 바라보는 신국공의 눈엔 불안감이 가득 들어서 있었다. 심복인 호부상서조차 알지 못하는 자신의 은공이자 필의 실제 주재자인 그분의 그림자를 양 공공 놈이 잡았을지도 모르기 때문이다.

"네놈이 감히 그분의 털끝이라도 건드리는 날엔……."

뒷말을 흐리는 신국공의 눈에선 숨 막히는 살기가 뿜어져 나오고 있었다.

 아직은 명의 힘이 제대로 닿지 않는 청해, 그 거친 땅의 초입에 위치한 작은 촌락 악도.
 그 인근엔 꽤나 거칠고 험한 산이 하나 있었다. 산속에 악령이 살아 지나가는 사람을 잡아먹는다는 전설이 붙어 산 이름마저 악령산이 된 곳이었다.
 사람들은 잘 모르지만, 이 산의 깊숙한 골짜기에는 꽤나 커다란 동굴이 하나 존재했다.
 그 동굴의 입구, 인골이 얹혀 있는 석비엔 피로 쓰인 두 글자가 말라붙어 있었다.

살막(殺幕)

몸에 배인 피 냄새를 가리려 잔뜩 피워 놓은 향으로 인한 짙은 향냄새가 감도는 동굴 안, 당혹한 표정이 역력한 이의 보고에 인상을 잔뜩 구긴 사내 하나가 언성을 높이고 있었다.

"말 같은 소리를 해! 천하의 어림대장군이 팽가가 세운 어용세가의 가주와 동일인이라는 게 가당키나 한 말이라고 생각하는 게야!"

막주의 호통에 의뢰를 담당하는 혼주(魂主)가 쩔쩔매며 설명을 이었다.

"저도 그래서 두 번 세 번씩 다시 확인했습니다만… 이걸 보십시오."

말과 함께 혼주가 두 장의 용모파기를 내밀었다.

"이자가 대도독이란 작자가 의뢰한 진마벽가의 가주입니다. 그리고 이것이 양 공공이 이번에 의뢰한 어림대장군의 용모파기입니다."

두 장이 용모파기를 본 막주도 당황한 표정이었다.

"잘못 가져온 건 아니고? 똑같은 용모파기를 두 장 가져온 게 아니냔 말이다?"

"실은 저도 그래서 두 번씩이나 서고를 다녀왔습니다만… 이건 저희가 조사한 진마벽가 가주의 용모파기가 확실하고, 이건 양 공공이 의뢰할 때 직접 가져온 용모파기가 명확합니다. 어쩌면… 둘이 동일인이 아닐까 싶습니다만."

혼주의 추측에 막주가 한참 동안 생각하다 고개를 저었다.

"아니, 그럴 수 없어! 우리가 가진 정보도 그렇고, 양 공공이 가져온 정보에도 그렇고, 어림대장군은 강호를 병적으로 싫어한 사람이야. 황제를 죽이기 위해 숨어들었던 강호인과 자객들이 그의 손에 걸려 어찌 되었는지 생각하면 답은 이미 나와 있어."

막주의 말에 혼주도 절로 고개를 끄덕였다. 그의 손에 당한 수십 명에 달하는 강호의 고수들은 들먹일 필요조차 없었다.

살막 자체만으로도 어림대장군의 손에 걸려 사지가 찢겨 죽은 살수들의 숫자가 백 단위에 이른다. 그것만 생각해도 치가 떨릴 지경이었던 것이다.

그 피해가 얼마나 컸던지 나중엔 살막뿐 아니라 중원의 모든 자객 집단이 어림대장군이 황궁에 머무는 동안은 아예 황궁의 담을 넘어야 하는 의뢰는 받지 않았었다. 지금은 다행히 그 악마 같은 작자가 돌연 퇴역하고 사라졌지만 말이다.

"그렇긴 합니다만, 용모파기가 너무 똑같아서……."

"그런 일은 있을 수 없다니까. 또 그래야만 하고! 그나저나 도대체 어떤 새끼가 의뢰를 받은 거야?"

"그게… 북경의 혼객(魂客)이……."

"그 악마 자식의 존재도 모르는 놈을 북경의 혼객으로 내

헷갈리다 • 225

보냈던 거야!"

곧바로 터져 나오는 막주의 호통에 혼주가 황급히 고개를 저었다.

"아, 아닙니다."

"한데 왜 그 의뢰를 받아?"

"퇴역했으니 어림군과의 인연도 끝났지 않겠냐고… 어림군이 아니면 잡을 수 있지 않겠냐는 것이 북경 혼객의 생각이었답니다."

"미친……."

그 말뿐이 나오지 않았다.

야령(野靈).

오 년 전까지 그들은 최고의 자객 집단은 아니었어도 중원 최대의 자객 집단이란 것은 분명했다.

하지만 오 년 전에 문제의 어림대장군이 지휘하는 어림군의 공격으로 철저하게 무너져 세상에서 사라진 곳이기도 했다.

그 난리 속에서 대략 삼백가량의 자객들이 죽어 나갔다.

사람들은 어림군이 나섰으니 십만의 병력이 모조리 몰려들었을 것이라 생각하지만 그건 반만 맞고, 반은 틀렸다.

무슨 이야기냐고? 십만의 어림군이 동원된 것은 사실이다. 그들이 야령의 본거지가 있던 지역 전체를 둘러싸고 포위진을 구성했으니까.

하지만 실제 야령의 본거지로 들어간 이들은 고작 열 명뿐이었다.

그 열 명이 삼백의 자객을 죽였다. 그중 절대다수가 어림대장군의 손에 파리 새끼 죽어 나가듯 몰살을 당했다.

특히 야령의 날고 긴다던 특급 작객들은 어김없이 어림대장군의 손에 박살이 났다. 표현만 박살이 아니라 정말 말 그대로 박살이 났다. 시체도 제대로 못 찾을 정도로 말이다.

그걸 어떻게 그렇게 세세히 아냐고? 두 눈으로 똑똑히 지켜본 것이었기 때문이다.

그렇다고 그런 내용을 세세히 수하들에게 말할 수는 없었다.

우연히 목격한 현장이었다. 그것도 숨어서 지켜보다 어림대장군에게 걸려 자객이 아니라고 부처에 대고 맹세한 연후에야 간신히 풀려났던 일이다.

죽어도 잊지 못할 그날의 일을 자신의 입으로 발설할 생각 따윈 추호도 없었다.

그러고 보니 이상하게도 그날 본 어림대장군의 얼굴은 기억이 잘 나지 않았다. 분명히 정면에서 보았는데… 귀신이 곡할 노릇이다.

여하간 그 탓에 동창 제독이 보내왔다는 어림대장군의 용모파기가 진짜인지 아닌지, 구별할 수가 없었다.

그렇게 생각하기도 싫은 과거의 일을 몰래 들춰 보던 막주

헷갈리다 • 227

의 귀로 혼주의 음성이 들려왔다.

"틀린… 생각입니까?"

물어오는 모양새를 보아하니 혼주도 의뢰를 받은 북경 혼객의 생각에 나름대로 동의하고 있던 모양이다.

"도대체 그 목 위에 얹고 다니는 거는 장식품인 거야?"

"예?"

막주는 자신의 말뜻을 알아듣지 못하는 혼주를 위해 조금은 먼 곳으로 돌아가더라도 제대로 된 설명을 해 주기로 마음먹었다. 그래야 이번 같은 실수가 다시는 일어나지 않을 것이기에.

"명나라 최강군이 어디더냐?"

뜬금없는 물음이었지만 혼주는 착실하게 답했다.

"그야 금의위 아닙니까."

"멍청한… 금의위 위사들이 이 년에 한 번씩 어디로 훈련을 받으러 가는지 잊은 게야?"

"아! 어림군."

"그래, 명나라 최강군은 누가 뭐라 해도 어림군이다. 선황 시절부터 쌓아 온 전과들을 구구절절하게 떠들 것도 없이 삼 년 전의 반란만 상기해도 그렇다."

"삼 년 전의 반란이면… 올량합삼위(兀良哈三衛)의 난 말씀입니까?"

"그래, 오십만에 달했던 올량합삼위의 반군을 단 한 차례의 전투로 전멸시켜 버린 이들이 바로 그들이다. 더구나 그만한 전과를 세우면서도 어림군이 잃은 병사들의 수는 겨우 오천 남짓이었어."

막주의 말에 혼주가 고개를 끄덕였다.

"어림군이 대단히 뛰어난 부대라는 것은 알겠습니다. 하오나 어림대장군이 퇴역하면서 이미 연이 끊어진 것이 아닙니까?"

혼주의 물음에 막주는 못마땅한 표정을 보였다.

"하면 지금 어림대장군이 누구인줄 아나?"

"그건… 아직 공석으로 알고 있습니다만……."

"그래, 공석이지. 명나라 최강의 군대를 지휘하는 장수의 자리가 이 년이 훌쩍 넘도록 공석이란 말이야. 그게 말이 된다고 생각하나?"

"파벌 싸움 아니겠습니까? 저마다 어림군을 차지하려는 정치 세력들 간의 힘겨루기 말입니다."

혼주의 답에 막주의 고개가 저어졌다.

"어림군은 근황군이야. 그 부대를 이끄는 지휘관의 선발은 오로지 황제의 권한으로, 정치 파벌은 개입조차 불가능해."

"그… 렇습니까?"

"그래. 그런 부대의 지휘관이 여전히 공석이란 것이 무얼 뜻하는지 정말로 모르겠나?"

몰랐다. 솔직히 관인으로 나설 것도 아닌데 그런 세세한 일들까지 알 필요는 없었던 것이다.

 하지만 그렇게 이야기했다간 막주에게 결코 좋은 일을 당할 것 같진 않았다. 그 탓에 혼주는 자신이 아는 모든 정보를 동원해 보았다.

 "그거야… 설마 돌아오길 기다리는 겁니까?"

 자신이 말을 해 놓곤 그것이 의미하는 바에 놀란 토끼처럼 눈을 동그랗게 뜨는 혼주에게 막주가 어깨를 으쓱여 보였다.

 "황제의 정확한 속마음까진 나도 알 수 없어. 하지만 그 가능성이 높다는 건 부정할 수 없지."

 "그 말씀은 그가 지금이라도 돌아온다면……!"

 "어림군을 다시 맡게 되겠지."

 자신의 말에 경악을 감추지 못하는 혼주에게 막주가 말을 이었다.

 "다시 말하지만 그런 사람이 지방 촌구석에서 평소에 그렇게 질색하던 무림세가를, 그것도 팽가의 어용세가를 운영하고 있진 않을 거란 말이다."

 "막주님의 말씀을 들으니 그럴 수도 있겠군요. 한데 그렇게 되면 이 두 장의 용모파기는 설명이 되지 않습니다."

 "비슷하게 생긴 사람이겠지. 용모파기가 실물과 완전히 똑같이 그려 내지 못한다는 단점을 생각하면 그래서 생긴 오해일 수도 있어."

"그럴… 까요?"

 자신의 긴 설명에도 불구하고 여전히 뜨뜻미지근한 혼주의 반응에 결국 막주가 폭발하고 말았다.

"아직도 말귀를 못 알아듣는 거야!"

"그게… 다시 말씀드리지만 부정을 하기엔 두 용모파기가 너무 비슷해서 말입니다."

 평소엔 혼주의 저런 우직함을 높이 사 왔지만, 지금의 상황에선 답답함, 그 이상도 이하도 아니었다.

"이런, 생각해 보란 말이야. 우린 이미 진마벽가의 가주란 자를 죽이기 위해서 공격했어. 물론 실패했지. 하지만 그렇다고 우리가 공격했다는 사실이 변하진 않아."

"그야 그렇지요."

"자, 그럼 생각해 보자. 네 주장대로 그 두 사람이 동일 인물이고, 언제라도 돌아가면 어림군을 맡을 수도 있어. 거기다 네가 아는 어림대장군의 성격을 끼워 넣어 봐. 그가 어찌 나올 것 같아?"

 막주의 말대로 천천히 생각을 정리하던 혼주의 얼굴이 점점 파랗게 질려 갔다.

 벌떡!

"도, 도주해야 합니다!"

 갑자기 일어선 혼주가 겁에 질려 도주부터 입에 담았다.

 하지만 막주는 그런 혼주를 비난할 생각이 없었다. 실제로 그와 같은 일이 생긴다면 자신도 두말없이 도주를 택할 것이기 때문이었다.

"그래. 제 휘하의 부장 하나를 죽였다고 어림군을 동원해 야령을 몰살시킨 사람이야. 그런 작자가 자신의 목을 노린 우리를 그냥 둔다? 그게 있을 수 있는 일이라고 보나?"

"저, 절대로 그럴 리 없습죠."

"그래, 절대로 그럴 리 없지. 하지만 결과는 어때? 우리가 살행을 나섰던 지가 벌써 두 달이 훌쩍 넘어가지만 아무 일도 없었잖아. 그러니 진마벽가의 가주란 놈은 그 악마 자식과는 관계가 없다는 말이야."

그제야 제 얼굴빛을 찾아가며 다시 자리에 앉은 혼주가 고개를 끄덕였다.

"그렇군요. 막주님 말씀이 옳습니다. 하면 이 두 장의 용모파기는 참고할 가치가 없는 것이로군요."

"뭐, 비슷한 사람이라는 점은 알게 해 주는 것이니 아예 가치가 없는 것은 아니겠지."

"하면 그런 차원에서 다루도록 조치해 놓겠습니다."

"그래. 그건 그렇게 처리하고, 더 이상 쓸데없는 생각은 하지 말라고."

"명심하겠습니다, 막주님."

이제야 완전히 이해한 듯 보이는 혼주의 모습에 만족한 미소를 머금은 막주가 말했다.

"기왕 이야기가 나온 김에 하는 말이지만, 진마벽가 가주에 대한 살행은 조속히 다시 실행해. 살막이 살행에 실패하고 넋을 빼고 있다는 소문이 돌기 전에 말이야."

"예, 막주님. 조속히 처리하겠습니다."

"그리고 어림대장군의 의뢰는……."

막주가 어림대장군이란 이름을 거론하자마자 혼주가 서둘러 답했다.

"즉시 반려하겠습니다."

"그래, 반려해."

"예. 하온데… 배상금이 굉장히 클 겁니다."

배상금이 클 거라는 혼주의 음성이 흔들리는 것에 막주가 불안한 표정으로 물었다.

"의뢰비가 얼마였는데?"

"오, 오만 냥이었습니다."

벌떡!

이번엔 막주가 튕겨 나가듯 자리에서 일어섰다.

"뭐! 얼마라고?"

"오… 만 냥입니다."

혼주의 확인에 막주는 하늘이 노래지는 것 같았다. 배상금이 원금의 두 배인 점을 생각하면…….

"서, 설마… 금자는 아니겠지?"

"송…구합니다, 막주님."

휘청.

절로 다리가 풀렸다. 가까스로 버티며 주저앉는 꼴은 면한 막주가 이를 악물었다.

"어림대장군의 살행 의뢰를 받은 새끼의 모가지를 잘라서 배상금과 함께 양 공공에게 돌려줘."

자신 휘하에 있는 혼객의 목숨을 거두라는 명이 떨어졌지만 혼주는 그다지 동요하지 않았다. 수하의 실수로 말미암아 손해 보는 돈을 벌기 위해선 살막의 살수들이 얼마나 많이 목숨을 걸어야 하는지 잘 알기 때문이다.

그 탓에 혼주는 수하의 걱정이 아니라 의뢰인과의 문제가 더 신경이 쓰였다.

"양 공공이 앙갚음을 하려 들지 않을까요?"

"그러면 세상에 양 공공이 어림대장군의 살행을 의뢰했다는 것을 다 까발린다고 해! 어림군의 말굽에 치여 죽기 싫으면 그따위 짓은 하지 않을 테니까. 아니, 어림군까진 갈 것도 없겠군. 어림대장군의 일이라면 자다가도 벌떡 일어선다는 황제가 목을 치라고 길길이 뛸 가능성이 더 높으니까 말이야."

막주의 말에 혼주가 두말없이 물러났다.

"알겠습니다. 하면 명하신 대로 시행하겠습니다."

"그래. 참! 진마벽가의 가주 놈 말이야."

"예, 막주님."

"이번엔 제대로 보내. 이전처럼 대충 보냈다 애들만 날려 먹지 말고."

막주의 책망에 혼주가 고개를 조아렸다.

"송구합니다. 팽렬이 대성한 도법을 숨겨 두고 있을 줄은 미처 알지 못했기에……."

"구렁이들이 모여 사는 팽가에서 장로씩이나 지낸 놈이야. 어쩐지 파갑추로 초극에 들었다고 할 때부터 이상하긴 했었어. 그나저나 놈이 사용한 도법이 뭐 같아?"

"그렇지 않아도 어제 오호단문도에 당한 상처일 가능성이 높다는 중간보고를 받았습니다."

"오호단문도라… 중간보고라면 확실한 건 아니고?"

"아직은 조사가 진행 중인지라……."

혼주의 답에 막주가 못마땅한 음성으로 물었다.

"왜 이렇게 시간이 오래 걸려?"

"그것이… 온전한 시체가 서너 구뿐이라서요. 나머진 아예 육편 덩어리들뿐인지라, 조사 자체가 불가능합니다."

"하여간 팽가 놈들 무식한 건 알아줘야 해. 사람을 그렇게 갈아 버리다니 말이야."

"그러니 중원 제일 무식이라 불리지 않습니까."

"그런가? 하여튼 서둘러 봐."

"예, 막주님."

답을 하고 막주의 집무실이 만들어진 석실을 나온 혼주가 자신의 집무실과 다름없는 혼실(魂室)로 향했다.

† † †

혼실은 말 그대로 혼이 머무는 방이다. 이곳에서 북직례와 남직례, 그리고 중원 열세 개 행성에서 받은 의뢰를 모아 투입할 자객을 결정한다.

한마디로 목표가 된 이를 죽일 살수를 결정하는 것이다.

그 순간부터 목표는 죽어야 하는 이가 아니라 이미 죽은 사람이 된다. 살막의 살수가 실패할 확률은 이 푼(2%)도 채 되지 않기 때문이다.

그렇기에 실제로 목이 날아가기까지 혼을 맡아 둔다 해서 혼실로 불리는 것이다.

혼주란 명칭은 그곳의 장이기 때문에 붙여진 이름이었다. 그와 같은 맥락으로 혼실에서 일하는 이들이나 중원 각지에서 의뢰를 직접 받는 이들에겐 혼객이란 명칭이 붙어 있었다.

혼주가 들어서자 십여 명이 넘는 혼객들이 긴장된 신색으로 자리에서 일어섰다.

"북경을 담당하는 놈은?"

"추포조가 압송 중입니다."

"압송할 것 없어. 막주의 명이 떨어졌으니 목을 베어서 배상금과 함께 양 공공에게 보내지도록 처리해."

"모, 목을 벱니까?"

"그래. 그놈이 받은 잘못된 의뢰 하나가 살막 전체를 위험으로 몰아넣을 수도 있었어. 다시는 그런 일이 일어나지 않도록 경계로 삼으라는 막주님의 명이시다."

어림대장군이란 이름이 주는 위험도는 그들도 잘 알고 있었다. 하지만 이미 퇴역해서 갓끈 떨어진 신세인 그에게 너무 겁을 먹는 것이 아닌가 하는 생각을 지울 수 없었다. 그래서였는지도 몰랐다.

"그래도 이유는 들어 봐야 하지 않겠습니까?"

혼객들을 대표한 수석 혼객의 물음에 혼주는 수하들의 생각을 짐작할 수 있었다. 자신도 겪었던 오류였기 때문이다.

그 탓에 혼주는 막주가 그러했듯이 수하들에게 천천히 어림대장군이란 이름에 여전히 상존하는 위험성을 설명했다.

혼주의 설명을 들은 혼객들의 표정은 망연자실 그 자체였다. 그런 혼객들에게 혼주의 명이 재차 떨어졌다.

"그러니 명령대로 해!"

"아, 알겠습니다, 혼주."

이번엔 두말없이 복명하는 혼객들에게 혼주의 명이 이어졌다.

"그리고 진마벽가 가주에 대한 살행은 다시 시도한다. 이번엔 제대로 보내란 막주님의 엄명이다."

헷갈리다 • 237

"두 번의 실수는 없을 것입니다."

수석 혼객의 답에 혼주가 물었다.

"인선은?"

"이 조를 보낼까 합니다."

이 조, 살막 내에서 두 번째로 강력한 집단이다. 이들이면 초극의 고수도 죽은 목숨이다. 그만큼 강력하고 뛰어난 자객들로만 이루어져 있었다.

"이 조를? 아무리 팽렬이 곁에 있다지만 너무 높게 잡은 거 아니야?"

"대자객교에 있을 때도 그랬지만, 우리 쪽으로 와서도 살행에 실패해 본 적이 없는 이들입니다. 이번처럼 팽렬의 위험도가 정확하게 파악되지 않고 있을 땐 제격이 아닐까 합니다."

수석 혼객의 설명엔 혼주도 고개를 끄덕일 수밖에 없었다.

"나름 설득력이 있군. 좋아, 승인하지. 즉시 실행해."

"예, 혼주."

수석 혼객의 복명과 함께 혼실이 분주해지기 시작했다. 각각의 살행을 위해 흩어져 있는 이 조의 살수들을 불러 모으기 위해서였다.

† † †

고록은 살막에 소속된 소위 이 조의 조장이었다.
 이 조의 인원은 스물, 모두가 지금은 사라진 대자객교 출신들이었다. 그들을 지휘하는 고록의 시선엔 삐뚤빼뚤 제멋대로인 글씨가 쓰인 웃긴 현판이 걸려 있는 전각군이 보였다.
 "목표는 저 안에 있는 가주 놈이다. 정보에 의하면 가주가 머무는 전각은 이곳 중앙에 위치한 진마전이다. 침입 경로는……"
 어디서 난 것인지 진마벽가의 모습을 그대로 옮겨다 놓은 설계도를 보며 설명하는 고록의 말을 주변에 둘러앉은 스무 명의 자객들이 진지하게 듣고 있었다.
 설명이 끝나자 고록의 손짓 하나로 스무 명의 이 조 자객들이 순식간에 흩어져 모습을 감췄다. 조원들의 모습을 확인한 고록도 천천히 달빛 아래로 드리워진 그늘 안으로 천천히 모습을 감추었다.

 그간의 경험상 경비 무사들의 시선을 피해 담장을 넘는 것쯤은 일도 아니었다.
 한데 오늘은 조금 이상했다. 평소처럼 순식간에 담장을 넘었는데 그 순간 수십, 아니 수백 개의 시선이 자신을 따라 움직이는 것 같은 느낌이 들었다.
 기겁을 해서는 쥐 죽은 듯 담장이 제공하는 그늘에 바짝

붙어 몸을 숨기고 주변을 살폈지만 아무런 변화도 일어나지 않았다.

그에 안도의 한숨을 내쉰 고록이 평소와 달리 바짝 곤두선 신경 때문이라 생각하곤 천천히 움직이기 시작했다.

한데 다시 움직이기 시작하면서 느낌도 움직였다. 그 탓에 가다 말다를 반복해야 했다. 그런 까닭에 담장을 들어선 지 일각, 이미 진마전의 처마 그늘에 도착했어야 하는 시간에 움직인 거리는 고작 십여 장뿐이었다.

아무리 자신의 신경이 곤두섰기 때문이라도 절대로 있을 수 없는 느낌이었다. 이럴 경우 생각할 수 있는 일은 하나뿐이다.

발각!

지금까지 수십 번의 살행을 거치면서도 살아남은 것이 운 때문이었다면 오늘은 운이 없는 모양이었다.

인정을 하자 체념은 곧바로 찾아왔다. 일어서서 천천히 담장의 그늘을 벗어난 고록이 외쳤다.

"그만합시다. 아무리 자객이라고는 하나, 놀려서야 되겠소."

모습을 드러내고 고함까지 질렀지만 이곳저곳에 서 있는 경비 무사들은 힐끗 한 번 쳐다본 것으로 끝이다.

놀람도 당황도 보이지 않았다. 마치 자신의 침입을 처음부터 알고 있었다는 듯이……. 그것이 자존심에 상처를 냈다.

실패했다고 자객을 우습게 보는 모양인데, 그것이 얼마나 잘못된 일인지 가르쳐 줄 생각 정도는 있었다. 그리고 그만한 능력도.

스르르릉―

천천히 도를 뽑았다. 하지만 도의 날은 달빛에 반사되지 않았다. 날에 잔뜩 검댕을 묻혀 놓은 덕분이었다.

하지만 그렇게 준비해 온 도는 휘둘러 보지도 못했다. 어느새 자신의 목 언저리로 칼이 놓여 있었기 때문이다.

"천천히 칼 넣어."

뒤에서 들린 음성이 시키는 대로 고록은 자신의 도를 도갑에 넣었다.

"은영술은 여전하구나."

목 언저리에 놓여 있던 칼이 사라지며 들려온 음성에 고록이 당황한 표정으로 뒤로 돌았다.

그곳에 그가 있었다. 이 년 전 이후로 본 적이 없던 그가…….

"서, 선배!"

"자식… 살아 있어 줘서 고맙다."

자신의 선배, 송찬의 말에 고록이 그를 와락 안았다.

† † †

고록은 시큰둥한 표정으로 앞에 앉아 있는 사내와 송찬의 대화를 조심스러운 시선으로 바라보았다.

"그러니까, 가족 같은 네 후배들이다?"

"그래. 전에 헤어져서 찾지 못하던 가족이나 마찬가지인 후배들이야."

송찬의 답에 벽사흔이 하품을 하며 물었다.

"아~ 후, 한데 왜 남의 집 담은 넘었대?"

"그, 그게……."

답을 할 수 없었다. 차마 '널 죽이러'라고 말할 수 없었기 때문이다.

그런 송찬에게 벽사흔은 생각지 못했던 말을 물었다.

"혹시… 팽, 목 따러 온 거야?"

"패, 팽? 누구, 팽 전주?"

"그럼 우리 집에 팽씨가 그놈 말고 또 있냐?"

"그, 그야… 어, 없지."

송찬의 얼굴을 힐끗 바라본 벽사흔이 물었다.

"그런데 왜 더듬고 지랄이야?"

"그, 그냥 잠이 덜 깨서 그렇지, 뭐."

"하긴 새벽에 이게 무슨 짓인지 모르겠다."

"미, 미안하다."

"알았으면 애들 정리해서 조용히 데리고 들어가 자."

그 말을 하며 자리에서 일어서던 벽사흔이 뒤늦게 생각난 듯이 송찬을 돌아봤다.

"그리고 이번뿐이야. 다음에 또 담을 넘는 짓거리하다 걸리면 아주 척추를 분질러 버릴 테니까."

"그, 그럼. 남의 집 담이면 모를까, 우리 집 담을 왜 넘어. 안 넘을 거야. 절대로."

"쯧, 알았어."

그길로 진마전을 나서는 벽사흔의 모습에 송찬이 안도의 한숨을 내쉬었다.

"후~ 십년감수했다. 가자."

"예? 어, 어디로요?"

"애들 잡아 놨다니까 데리러 가야지."

"잡혀요? 애들이요?"

놀라는 고록에게 송찬이 답했다.

"그래. 들어서기 전에 전음을 받았다. 위무각에 모조리 잡혀 있단다."

"서, 설마요!"

고록의 부정은 나름 타당한 이유가 있었다. 자신이 그늘을 벗어나며 고함을 친 이유가 다른 조원들에게 도주를 명하기 위한 것이었기 때문이다.

그걸 아는지 송찬이 고개를 저었다.

"내가 아니었으면 네 녀석도 담을 넘는 순간 잡혔어."

"그게 무슨… 저 그렇게 엉터리 아닙니다."

헷갈리다 • 243

"알아, 은영술도 예전처럼 잘 쓴다는 거."

"그런데 왜 그렇게 말씀하십니까?"

"이 동넨 지급도 발각되는 일이 많아."

"지급? 설마 우리 대자객교의 지급 살수요?"

"그래. 하도 숙달이 돼서 그런지 두어 달 전부턴 지급도 잘 안 먹혀."

사실이었다. 가상 살행이 지속된 까닭인지 진마벽가의 무사들은 유달리 자객들의 은신술에 민감했다.

그런 까닭인지 두어 달 전부턴 그동안 가상 살행에서 실패가 전혀 없었던 지급 살수들까지 발각되는 일이 잦아지고 있었던 것이다.

"일반 무사들이 은영술을 잡아낸다고요? 그, 그건 불가능합니다."

고록의 말대로 이전엔 불가능하다고 믿었다. 적어도 절정 이상, 또는 초절정엔 다가서야 낌새라도 느끼는 것이 은영술이니까 말이다. 하지만······.

"그게··· 자꾸 연습하니까 가능하더라고."

송찬의 말에 고록의 표정은 혼란과 당황으로 가득해졌다.

이런 동네가 다 있나 싶었다.

장원에서 가장 큰 건물이 우습게도 식당이었다. 더구나 모든 사람들이 그곳에서 다 함께 식사를 한다.

가주에서 말단 무사들까지. 그뿐이면 참 격이 없는 곳이로구나 하며 이해라도 하겠지만… 이곳은 무사들의 가족들까지 모조리 모여 식사를 한다. 할아버지, 할머니에서부터, 젖먹이 아이들도 한자리에 모여서 말이다.

그곳에서 무사들은 어제 누가 먼저 침입자를 잡아냈는지 떠들어 댔다. 웃긴 건 그럼에도 적의가 없다는 것이었다.

자객에게 적의가 없는 무사들……. 고록을 비롯한 이 조의 자객들은 혼란스러운 표정이 역력했다.

그런 그들의 귀로 송찬과 가주의 대화가 들려왔다.

"저기… 나 부탁이 있는데."

"돈 이야기면 가능한 한 하지 마라. 갈평이 입에 거품 문다."

말소리를 들었는지 벌써부터 저만치 앉아 있던 벽갈평은 먹는 걸 중단하고 수저를 굳게 움켜쥔 채 이쪽을 노려보기 시작했다.

그런 벽갈평의 시선을 애써 외면하며 송찬이 말했다.

"많이 들어가는 거는 아니고……."

지금 세가의 사정을 뻔히 알기에 송찬의 음성은 뒤로 갈수록 기어들어 갔다.

"왜 빚이라도 졌대?"

"그, 그건 아니고… 이곳에 들어와 같이 살면 어떨까 싶어서……."

함께 살면 돈이 들어간다. 식비도 늘어나고, 자잘한 지출이 모두 그 인원수만큼 늘어난다. 더구나 다 주는 녹봉을 안 줄 수도 없는 노릇이고 보면… 험악해지는 벽갈평의 시선이 느껴지자 송찬이 서둘러 말했다.

"노, 녹봉은 안 줘도 돼."

"쟤들, 무사 아니야?"

살수 나부랭이라 불리는 자객을 무사라 부르는 이, 벽사흔의 물음에 잠시 당황했던 송찬이 황급히 고개를 끄덕였다.

"무사? 아! 마, 맞아, 무사."

"그런데 왜 녹봉을 안 줘. 칼 잡은 놈한테 녹봉은……."

"새, 생명이라고?"

자신의 말을 대신하는 송찬을 힐끗 쳐다본 벽사흔이 고개를 끄덕였다.

"그래."

"그, 그래도 지출이 많이 늘면 안 되니까……."

"저놈들, 네겐 가족 같다면서?"

"그, 그렇지."

"그럼 가족으로 대하면 되는 거야. 있으면 같이 나눠 먹고, 없으면 함께 굶고. 아직은 줄 수 있으니까 받아. 뭐, 나중에 돈 없어지면 다 같이 못 받는 거고."

"그, 그럼!"

송찬의 놀람을 바라보며 벽사흔이 말을 이었다.

"성 있는 놈, 없는 놈 구별해서 아낙들에게 알려 줘. 또 시끄럽지 않게."

벽사흔의 말에 송찬의 입이 길게 호선을 그렸다. 성이 없는 녀석에게 벽가의 성까지 물려줄 생각이라는 걸 알아들은 까닭이었다.

"고, 고맙다."

"사내자식이 밥상머리에서 눈물은……. 궁상맞게 그러지 말고 밥이나 먹어."

벽사흔의 퉁명에도 불구하고 송찬의 입가에 그려진 미소는 좀처럼 사라지지 않았다.

　식구는 늘었는데 형편은 나아진 것이 없었다. 아직 돈이 바닥을 드러낸 것은 아니지만, 역시 미래가 불투명하다는 것은 암울하기 그지없었다.
　그 탓에 벽갈평의 한숨은 잦아졌고, 그걸 바라보는 벽사흔의 미간엔 주름이 늘어 갔다.
　대륙 상회 계림 지부의 주사가 찾아온 것은 바로 그런 때였다.
　"누가 와?"
　"대륙 상회 계림 지부의 주사랍니다."
　벽야평의 답에 벽사흔이 고개를 갸웃거렸다.
　"그놈이 왜? 혹시 무슨 사고 생겼대?"

업신여김을 당하다 • 251

앞으로 받지 못할지도 모르겠지만, 이미 이번 년도 치는 받은 상태였다. 그러니 해가 바뀌기 전까진, 아니 새해의 보호세를 받지 못하기 전까진 광서 지역에서 대륙 상회에 일이 생기면 꼼짝없이 나서야 하는 것이었다.

"그것까지는……. 데려올까요?"

벽야평의 물음에 벽사흔은 고개를 끄덕일 수밖에 없었다.

"데려와."

"예, 가주님."

고개를 숙여 보이고 사라진 지 일각, 벽야평은 웬 장년인 한 명을 대동하고 진마전 안으로 들어섰다.

"대륙 상회 계림 지부에서 찾아온 사람입니다, 가주님."

벽야평의 소개에 한 걸음 앞으로 나선 장년인이 자신의 소개를 이었다.

"다시 뵈어 영광입니다, 가주님. 소인을 기억하실지 모르겠습니다만, 이환입니다."

"대충 기억은 나는 것 같네. 한데 왜?"

별로 반갑지 않다는 것을 물씬 풍기는 벽사흔의 물음에 이환이 겸연쩍은 표정으로 말했다.

"실은… 지부에 문제가 생겨서 도움을 청하러 찾아뵈었습니다."

혹시나 했더니 역시나였다.

"무슨 문제?"

"그것이… 화산의 검객들께서 자꾸 찾아와 행패를 부리시는 바람에……."

"화산? 화산 애들이 왜?"

"그, 그게……."

이후에 이어진 이환의 말을 정리하면 두어 달 전에 하남 상단을 대신해 맡아 두었던 비단을 교역상에게 넘기고 돈을 맡았단다. 물론 그 돈은 비단의 주인인 하남 상단에게 가야 할 돈이었다.

문제는 그 돈을 소회주인 유총이 한 달 안에 채워 놓겠다면서 가져갔다는 것이다. 하지만 한 달은 둘째 치고, 이미 두 달이 넘어 세 달에 접어드는 지금까지 채워 놓지 않았다는 것이다.

결국 참다못한 하남 상단이 자신들의 보호 문파인 화산에 도움을 청했고, 그 일로 화산의 검객들이 계림 지부를 찾아와 돈을 내놓으라며 며칠째 행패를 부리고 있다는 것이었다.

그 말을 다 들은 벽사흔의 답은 간단한 것이었다.

"돈 떼어먹었다면 당해도 싼 거 아닌가?"

"그, 그거는 그렇습니다만……."

"더구나 일 처리는, 여길 찾아와서 해결해 달라는 것보다 유총인지 소회주인지, 그놈을 먼저 찾아서 돈을 돌려 달라고 해야 하는 게 정석 아니야?"

벽사흔의 시큰둥한 말에 이환이 식은땀을 흘려 가며 설명을 이었다.

"그것이… 이미 말씀을 올렸습니다만, 차일피일 미루시다 결국 오늘 이런 것이 도착했습니다."

말과 함께 내미는 서찰을 받아 든 벽사흔이 물었다.

"이게 뭔데?"

"소회주께서 보내신 소유권 이전서입니다."

"소유권 이전서?"

말과 함께 서찰을 펼쳐 든 벽사흔은 꽤나 흥미로운 표정이었다.

"그러니까, 이번 일을 해결해 주면 계림 지부를 우리 벽가에 넘겨주겠다?"

"예. 그렇다 해도 광서 지역에 대한 보호세는 동일하게 지급할 것이라고……."

"아아, 정말 줄 수 있을지 없을지도 모르는 돈은 이야기하지 말지."

짜증 섞인 벽사흔의 대꾸에 이환은 황급히 입을 닫았다. 그런 이환에게 벽사흔이 물었다.

"갚아야 할 돈이 얼마야?"

"금자로 오만 냥입니다."

이환의 답에 벽사흔의 눈가가 파르르 떨렸다.

"그럼 계림 지부의 자산은?"

"대략 칠만 팔천 냥가량 있습니다."

파르르 떨던 눈가가 거짓말처럼 멈췄다. 간단한 계산이다. 칠만 팔천 빼기 오만… 입가로 저절로 미소가 그려졌다.

그 미소가 무엇을 뜻하는지 알아차린 이환이 서둘러 말을 이었다.

"그중에서 팔천 냥은 쓰지 못할 수도 있습니다."

"왜?"

묻는 폼이 헛소리면 한 대 칠 기세였다.

"그, 그게… 저희 대륙 상회에서 발행한 전표인 터라……."

상인으로서 자신이 몸담고 있는 상회의 전표를 쓸 수 없을지도 모른다고 말하는 이환의 표정은 꽤나 자괴감이 깊어 보였다.

"그럼 나머진?"

"전부 부동산입니다. 시장에 내어놓은 지 한 달 보름째입니다만… 사겠다는 사람이 나서지 않고 있습니다."

요사이 대륙 상회가 처한 상황 때문이다. 그냥 두면 가격이 더 떨어질 것이라는 걸 알기 때문이고, 더 중요한 건 그만한 자금을 움직여 땅을 살 만한 사람들이 머무는 북직례와 남직례, 그리고 하남을 북 대륙 상회라 불리는 본회가 꽉 움켜쥐고 있는 탓이었다.

하지만 무슨 생각인지 벽사흔의 표정은 느긋했다.

"꼭 팔아서 갚으라는 법은 없는 거잖아."

"예?"

못 알아듣는 이환에게 설명할 생각이 없었던지 벽사흔은 다른 것을 물었다.

"화산 애들은 어디에 있는데?"

"화장 객잔에 있습니다."

"앞장서."

"지, 지금 가 보시게요?"

"그래. 여기서 우리끼리 왈가불가해 봐야 소용없는 짓이니가 보는 수밖에."

그 말과 함께 일어서는 벽사흔을 이환이 불안한 표정으로 따라붙었다.

그렇게 이환을 달고 세가를 나서던 벽사흔은 외출에서 돌아오던 송찬, 팽렬과 마주쳤다.

"어! 어디 가?"

송찬의 물음에 벽사흔이 답했다.

"시내."

"시내는 왜? 혹시 놀러 가냐?"

"이 상황에 무슨… 일 보러 간다."

"일? 시내에 무슨 일?"

"대륙 상회에 일이 생겼단다."

벽사흔의 말에 송찬과 팽렬의 시선이 뒤쪽에 서 있는 이환에게 향했다.

"이, 인사 올립니다. 대륙 상회 계림 지부의 주사, 이환입니다."

이환의 인사에 그저 고개를 끄덕여 보인 두 사람의 시선이 다시 벽사흔에게 돌아갔다.

"무슨 일인데?"

"딴 동네 애들이 와서 시비를 거는 모양이야."

"시비? 어떤 겁대가리 상실한 놈들이?"

어딘 줄 알려 주면 당장 달려가서 두들겨 팰 것 같은 품새의 송찬을 바라보며 벽사흔이 답했다.

"화산."

"화산? 뭐! 화산!"

"그래."

"아니, 화산이 뭐가 아쉬워서?"

"대륙 상회와 하남 상단 사이에 문제가 생겼어. 원인을 파고들면 이쪽이 잘못한 거지만."

벽사흔의 말에 송찬이 이환을 모로 쳐다보며 말했다.

"자식들, 좀 잘하지……. 그나저나 어쩌려고?"

"만나서 해결을 봐야지."

"굳이 우리가 나설 필요가 있는 거야? 돈도 못 받을 거라면서?"

"그거야 앞으로 지켜봐야 하는 거고. 이러니저러니 해도 올해 치는 이미 받았으니 나설 수밖에."

업신여김을 당하다 • 257

"그런 건가?"

"그래."

벽사흔과 송찬의 대화를 듣고 있던 팽렬이 물었다.

"그나저나 화산 사람들은 어디에 있답니까?"

"화장 객잔."

"객잔… 벌써 객잔을 잡았답니까?"

"아니면 어디서 잤겠냐?"

"자요? 그럼 그들, 오늘 온 거 아니었습니까?"

무슨 이유에선지 놀라는 팽렬을 바라보며 벽사흔이 고개를 끄덕였다.

"그런 걸로 아는데……. 며칠 됐지?"

고개를 돌려 묻는 벽사흔에게 이환이 서둘러 답했다.

"열흘입니다."

"여, 열흘!"

큰 소리를 내는 팽렬의 모습에 벽사흔이 눈살을 찌푸리며 물었다.

"왜 그래?"

"이, 이건… 잘못된 겁니다, 가주님."

"잘못돼? 뭐가?"

"그들이 계림에 온 지 열흘이라지 않습니까?"

흥분하는 팽렬과 달리 벽사흔은 의아한 반응이었다.

"그런데 뭐?"

"혹시 모르시는 겁니까?"

"뭘 모르냐는 거야?"

"정말 모르십니까?"

"이게… 지금 성격 검사하냐?"

벽사흔의 음성에 감정이 실리자 팽렬이 서둘러 설명을 이었다.

"그, 그게 아니라… 원래 타 지역에서 무력을 행사할 일이 생기면 해당 지역의 패권을 가진 문파를 찾아 사전에 양해를 얻어야 합니다. 경우에 따라선 동의를 받아야 하지요."

팽렬의 말에 벽사흔의 표정이 굳었다. 지금 팽렬이 무슨 말을 하고자 하는지 알아차린 것이다.

"그거… 반드시 거쳐야 하는 거냐?"

"물론 건너뛸 수도 있습니다. 비밀을 요하는 일이거나… 상대가 무시해도 좋을 정도로 약하다면 말입니다."

"그럼 지금 우리가……?"

"무시당한 겁니다. 더구나 광서에서 대륙 상회는 우리 진마벽가의 보호를 받습니다. 중원 전체에 소문이 난 일이니 모를 리 없죠. 그럼에도 계림 지부를 압박하면서 우리 쪽에 아무 소리도 없었다는 것은……."

"것은?"

"걔 무시구먼."

확실하게 현재 상황을 정리해 주는 송찬의 말에 벽사흔의 눈에서 불이 튀었다.

"이런 호로……."

이를 악물며 뒷말을 삼키는 벽사흔의 모습에 팽렬이 긴장했다. 그가 기억하기로, 지금의 눈빛은 얼마 전 숭덕 인근에서 자객들을 도륙하던 때의 눈빛과 똑같았던 것이다.

"그, 그래도 죽이시면 안 됩니다."

"왜?"

역시나…….

"그래도 화산입니다. 이곳에서 화산의 제자들이 죽으면… 문제가 생길 겁니다."

"무슨 문제?"

"자칫 싸움으로 번지기라도 하면……."

"왜, 겁이라도 나냐?"

벽사흔의 물음에 팽렬의 표정이 곤혹스러워졌다.

아니라고 하자니 당장 달려가 쳐 죽일 듯싶었고, 또 그렇다고 하자니 자존심이 용납하지 않았던 것이다.

"겁나는 건 아니지만… 진짜 싸움이 벌어지면 그 와중에 죽어 나가는 가솔들도 있을 것이고… 굳이 일을 키울 필요는 없지 않겠습니까?"

팽렬의 말에 벽사흔의 눈빛이 가라앉았다. 확실히 그에게 가족은 중요한 의미를 갖고 있었다.

"쯧. 그래서 어쩌자고?"

"불러서 물어보시는 게……."
"안 오면?"
"그야 다시 부르시면……."
"개 무시당한 데다, 쪽팔리기까지 하라고?"
"그, 그건 아닙니다만……."
팽렬이 뒷말을 잇지 못하자 벽사흔이 이환을 돌아봤다.
"확실히 열흘 맞지?"
"그, 그게……."
지금까지 주고받는 대화를 듣고 있었던 탓에 어찌 답을 할지 몰라 주저하는 이환에게 벽사흔의 사나운 눈빛이 날아들었다.
"맞아? 틀려?"
"마, 맞긴 합니다만……."
"그럼 됐어. 앞장서!"
"예?"
"이게… 너까지 두 번 말 시킬래?"
"아, 아닙니다. 가, 가시죠."
기겁을 해서 앞장서는 이환을 따라 벽사흔이 걸음을 옮기자 서로를 잠시 바라보던 송찬과 팽렬도 황급히 그 뒤를 따랐다.

† † †

화장 객잔.

이강변을 따라 늘어선 계림의 여러 객잔들 중에선 고급에 속하는 곳이었다. 그 탓에 숙박비도 상당히 비쌌다. 그런 화장 객잔으로 이환을 앞세운 벽사흔이 들어섰다.

"아이고, 높으신 분께서 어찌 이곳에……."

놀란 객잔 주인이 황급히 마중을 나오는 모습에 벽사흔의 입가에 미소가 깃들었다. 하지만 그 미소는 이어진 객잔 주인의 말에 흔적도 없이 사라졌다

"어서 오십시오, 팽 대협."

자신을 휭 하니 스쳐 지나가 팽렬 앞에서 머리가 땅에 닿을까 걱정일 정도로 허리를 숙이는 객잔 주인이 모습을 돌아보는 벽사흔의 미간엔 깊은 주름이 잡혔다.

그 모습을 본 팽렬은 좌불안석, 당황한 표정으로 어쩔 줄 몰랐다.

"이, 이 친구, 가, 갑자기 왜 이러나… 가주께서도 계시는 것을."

그제야 자신이 무슨 실수를 저지른 것인지 알아차린 객잔 주인이 당황한 얼굴로 황급히 몸을 돌려 팽렬보다 깊숙이 허리를 숙였다.

"몰라뵈었습니다, 가주님."

"아하하, 아하하하……."

자신에게 넙죽 허리를 숙이는 객잔 주인을 당황스런 눈으

로 바라보는 송찬의 웃음소리가 안쓰러웠다.

"쯧."

낮게 혀를 찬 벽사흔이 객잔 주인에게 물었다.

"여기, 화산에서 온 애들 있다면서?"

벽사흔의 물음에 그를 돌아본 객잔 주인이 의아한 표정으로 답했다.

"그렇습니다만, 누구… 신지?"

멀뚱히 바라보며 묻는 객잔 주인의 행태에 머쓱해진 송찬과 팽렬이 먼 산을 바라보는 탓에 이환이 난감한 표정으로 나섰다.

"가주님이시오."

"가주? 어디의… 설마!"

드디어 상대를 알아차린 객잔 주인이 사색이 되어 그 자리에 엎어졌다.

"아이고, 대협, 소인이 몰라뵙고."

속을 제대로 모르는 이들은 객잔 주인의 행동이 과하다 말할지도 모르지만, 계림에서 장사를 하는 이들에겐 절대로 과한 것이 아니었다.

세상 사람들은 까맣게 모르지만 계림의 장사치들만 아는 비밀 하나.

진마벽가의 가주가 여산파를 끝장냈다. 그리고 또 하나, 강동의 문제아, 거굉 곽련을 발길질 한 번에 혼절시켰다.

업신여김을 당하다 • 263

그 두 가지 비밀만으로도 진마벽가의 가주는 계림 사람들에겐 이황보다 무서운 사람이었다.

 바닥에 엎어져 싹싹 비는 객잔 주인의 모습에 남사스러워진 벽사흔이 헛기침을 했다.

 "험험, 누가 뭐라 그랬다고 그래. 일어나."

 "아이고, 죽을죄를 지었습니다, 가주님."

 "어허, 일어나라니까."

 "이놈이 눈이 어두워서… 용서해 주십시오, 가주님."

 여전히 바닥에 엎어져 빌기만 하는 객잔 주인의 모습에 벽사흔은 할 수 없이 직접 그를 일으켜 세웠다.

 "사내 무릎이 그렇게 가벼워서야 되겠나? 그러지 말라고 우리에게 돈을 주는 거야. 무슨 말인지 알아들어?"

 "예?"

 자신의 실수를 용서해 달라고 비는 것을 일으켜 세워선 엉뚱한 말이니 제대로 알아듣지 못한 것이다. 그런 객잔 주인에게 벽사흔이 다시 말했다.

 "황제가 아니라면, 내가 아니라 다른 누구에게도 무릎을 꿇지 말란 소리야. 그렇게 만들어 달라고 당신이 진마벽가에 돈을 주는 거고, 우리 진마벽가는 그만한 힘이 있어. 아이들도 바라보는구만, 가장 체면 떨어지게……. 무슨 말인지 알아들어?"

 그제야 힐끗 객잔 구석을 바라본 객잔 주인, 요해는 벽사흔의 말뜻을 알아들었다. 구석에서 놀란 부인과 아이들이 걱정스런 눈길로 이쪽을 바라보고 있었기 때문이다.

"아, 알겠습니다."

주춤거리며 답하는 요해의 몸에 묻은 먼지를 벽사흔이 손수 털어 주었다. 그리고 마치 친한 친구처럼 어깨동무를 하고는 웃으며 작게 말했다.

"웃어. 기왕이면 너도 어깨동무하고. 애들은 저 둘뿐이냐?"

자연스럽게 어깨를 낮춰 요해가 자신의 어깨에 팔을 걸치기 쉽게 만들어 주는 벽사흔의 모습에 당황스럽기도 하고, 겁이 나기도 한 요해가 주춤거리며 답했다.

"예, 예, 가주님."

"아들 하나, 딸 하나?"

"예."

"딸은 더 커 봐야 알겠지만… 아들 녀석은 골격이 좋은데. 크면 힘깨나 쓰겠어."

"저, 정말입니까?"

자식 칭찬이 나오자 언제 겁먹었냐 싶게 요해의 입가에 함박웃음이 걸렸다.

"그래."

"저놈도 꿈이 장사(壯士)입니다."

"장사?"

"예. 원래는 강호 무사가 꿈이었습니다만… 계림에서 무관들이 사라진 후엔 그저 힘깨나 쓰는 장사가 꿈이 되었습죠."

"흠… 그렇군. 하면 언제 벽가로 보내."

"예?"

"골격도 다시 자세히 보고, 몸놀림을 살펴봐서 괜찮으면 세가에서 무공을 가르쳐 볼 테니까."

"저, 정말이십니까?"

"그래."

"아이고, 감사……."

반사적으로 어깨동무를 풀고 허리를 굽히려던 요해는 벽사흔의 어깨에 달라붙어 꿈적도 하지 않는 자신이 팔에 놀란 표정이 되었다.

"웃으라는데도. 애들에게 아빠는 항상 최고여야 해. 허리 같은 거 굽히지 않는. 무슨 소린 줄 알아?"

"아, 압니다."

"그래. 나중에 애들이 묻거든, 나하고 친하다고 그래. 뭐, 나이 차이 때문에 친구는 어렵고, 형님, 동생 하는 사이라고 하면 되겠네. 아! 참고로 나 보기보다 나이 많아."

"아, 압니다."

열한 살 때부터 시작해서 객잔에서만 이십 년을 구른 요해다. 강호인들의 나이를 외모로 구별해선 안 된다는 것쯤은 이미 알고 있었다. 거기다 어디를 봐야 나이를 대충이나마 짐작할 수 있는지도.

 슬쩍 자신의 귓불을 스치고 지나가는 요해의 시선을 느낀 벽사흔의 미소가 조금 더 진해졌다.

"그럼 됐고. 자, 이제 일 좀 볼까. 혹시 모르니까 애들 안채로 들여보내고, 화산 놈들 좀 불러 줘."

 비로소 벽사흔의 몸에서 떨어져 나오는 자신의 팔을 신기한 듯 바라보던 요해가 허리를 구부리다 말고 벽사흔의 눈치를 보곤 고개를 숙였다.

"알겠습니다, 가주님."

 그 모습에 벽사흔이 빙긋이 웃자 요해도 따라 미소를 지었다.

 벽사흔의 권고대로 아내와 아이들을 달래서 안채로 들여보낸 요해가 위층으로 올라가더니 군청색 무복을 단정히 입은 세 명의 검객과 함께 내려왔다.

 요해의 안내로 벽사흔에게 다가온 세 사람 중 조금 더 나이가 들어 보이는 사내가 앞으로 나섰다.

"날 보자고 했소?"

 상대의 물음에 벽사흔의 눈썹이 꿈틀거렸다.

 요해가 안내해 온 이상 자신의 신분은 이미 알고 있을 터, 정중함은 아니어도 최소한의 예의는 차릴 줄 알았건만 상대는 그마저도 저버렸다.

"뭐, 이건 이것대로 나쁘지 않아. 망설임을 걷어 줬으니까?"
"무슨… 커헉!"
 말은 길게 이어지지 않았다. 벽사흔이 앞에 나서 있던 사내의 목을 다짜고짜 움켜쥔 까닭이었다.
"이, 이놈!"
 그 광경에 뒤에 서 있던 두 화산 검객이 검을 뽑아 들고 달려들었다. 그런 그들을 무심히 바라보던 벽사흔의 신형이 움직였다.
 쒸이이잉- 퍽! 펄럭- 쾅!
 화려하지도, 그렇다고 고절한 절초도 아니었다. 그저 옆차기 한 방, 그리고 그 반동을 이용한 돌려 차기 한 방.
 단 두 번의 발길질이었지만 결과는 결코 예사롭지 않았다.
 머리를 얻어맞은 것도 아니고, 어깨에 공격을 허용했음에도 두 화산 검객은 바닥에 내팽개쳐진 개구리처럼 쫙 뻗어 버렸다.
 그런 둘에게서 시선을 돌린 벽사흔이 여전히 목을 움켜잡고 있던 사내를 자신의 코앞으로 끌어당겼다.
"어떻게 할까? 여기서 저놈들하고 함께 그냥 죽어 주랴, 아니면 얌전히 따라올래?"
 거친 벽사흔의 음성에 사내는 곁눈질로 기절한 두 사제를 바라보곤 고개를 저었다.
"다, 다라가이다."

목을 쥐인 탓에 발음이 좋지 않았지만 못 알아들을 정도는 아니었다.

 그에 벽사흔이 상대의 목을 놓았다. 자유의 몸이 되었지만 사내는 반항할 생각은 없는 듯했다.

 하긴 잔뜩 긴장한 상태에서 두 눈 버젓이 뜨고서도 상대의 손이 다가오는 것을 알지 못했다. 그런 상대를 두고 모험을 걸 생각은 없었던 것이다.

 주섬주섬 정신을 잃고 널브러진 두 사제를 챙기기 위해 버둥거리는 사내를 바라보던 벽사흔이 팽렬을 돌아봤다.

"사람이 저러는 걸 보면 좀 돕고 그래라."

 기절시켜 놓은 사람의 말로는 합당치 않았지만, 그걸 따질 정도로 팽렬이 무모하진 않았다. 결국 팽렬이 한 사람을 업자 벽사흔에게서 놓여난 사람이 나머지 한 명을 업었다.

 그런 둘을 앞세우고 객잔을 나서는 벽사흔에게 요해가 고개를 조아렸다.

"살펴 가십시오, 가주님."
"그래, 장사 잘하고. 아들내미는 꼭 한번 보내고."
"예."

 답하는 요해의 입이 귀에 걸려 있었다.

제38장
초대를 받다

 급한 대로 바닥에 천을 깔고 정신을 잃은 두 사제를 바닥에 눕힌 사내가 벽사흔이 가리키는 의자에 앉았다.
 "이름?"
 "유현이요."
 "쯧."
 못마땅한 표정인 벽사흔의 혀 차는 소리에 사내가 움찔거렸다.
 "무림명도 없어?"
 "태을검현(太乙劍賢)… 입니다."
 이전과 달리 공대다. 비로소 완벽히 패배를 인정한 셈이었다.

초대를 받다 • 273

한데 사내의 답에 뒤에 앉아 있던 팽렬이 놀란 얼굴로 벌떡 일어섰다.

"태, 태을검현! 정말 태을검현이시오?"

"그렇소."

태을검현의 답에 팽렬이 꽤나 반가운 표정을 지어 보였다.

"이 상황에서 이런 말은 좀 그렇지만… 반갑소, 나 팽렬이오."

"팽렬… 파갑신추!"

잠시 놀라긴 했지만 팽렬처럼 반가운 표정까진 아니었다. 하긴 이곳으로 오면서 진마벽가에 누가 있는지 정도는 알고 있었을 테니까.

"맞소, 나요. 한데 태을검현께서 왜 이곳까지……?"

팽렬의 물음에 태을검현의 표정이 어두워졌다. 팽렬의 물음에 답을 하려면 결코 드러내고 싶지 않은 화산의 자격지심을 꺼내 보여야 했기 때문이다.

그 탓에 선뜻 답을 하지 못하는 사이, 벽사흔이 끼어들었다.

"아는 사이야?"

"예. 각별한 사이는 아닙니다만, 이름 정도는……."

팽렬의 말에 멀뚱히 돌아가는 상황을 지켜보던 송찬이 툭 한마디를 뱉었다.

"그렇게 말하면 난 염라대왕하고도 아는 사이겠다."

그 말에 벽사흔이 피식 웃었다.

"그러니까, 진짜 아는 사이는 아니네."

"그, 그렇게 물으시면… 예……."

겸연쩍게 답하는 팽렬에게 벽사흔이 말했다.

"하면 네가 아는 한도 내에서 읊어 봐."

벽사흔의 말에 태을검현의 반짝이는 시선이 팽렬에게 향했다. 이런 상황에서도 타인의 입을 빌어 소개되는 자신의 신상에 흥미가 일은 모양이었다.

그런 태을검현의 시선을 받으며 팽렬이 조심스럽게 입을 열었다.

"태을검현. 본명은 유현, 화산의 오 장로입니다. 무력으로만 따지면 당금 화산에선 세 번째 손가락에 꼽힐 만큼 강력한 검객이기도 합니다. 알려진 주요 무공은 태을검, 경지는 초극의 극의입니다."

"그것뿐이야?"

마음에 안 찼던지 못마땅한 벽사흔의 음성에 팽렬의 설명이 다시 이어졌다.

"날카로운 화산의 기풍과 달리 무림명에 현 자가 붙을 정도로 어질기로 정평이 난 사람이기도 합니다."

"어질긴 개뿔. 어진 놈이 남의 동네에 와서 깽판을 치냐?"

이번에도 초를 치는 송찬의 음성에 설명한 팽렬은 물론이고 당사자인 태을검현의 얼굴에도 당황감이 가득해졌다.

그런 태을검현에게 벽사흔이 물었다.

"평판이 그런 놈이 깽판을 쳤다는 건 나름의 이유가 있겠지. 자, 털어놔 봐. 들어줄 테니까."

마치 '네 이야기를 들을 준비가 되어 있어.'라고 시위라도 하듯 팔짱을 끼는 벽사흔의 모습에 태을검현이 어두운 신색으로 입을 열었다.

"하남… 상단에서 요청이 있었습니다. 대륙 상회 계림 지부에서 돈을 떼어먹었으니 받아 달라고 말입니다."

태을검현의 말에 좌불안석의 표정으로 구석에 서 있는 이환을 힐끗 바라본 벽사흔이 고개를 끄덕였다.

"사실이니까 그 부분에 대한 변명은 건너뛰지. 그래서?"

벽사흔의 말에 태을검현의 눈엔 이채가 서렸다. 이런 경우 원인 자체를 부정해야 하는 것이 일반적인데, 곧이곧대로 인정한 까닭이었다.

"그, 그래서… 장문인의 명이 떨어졌습니다. 사제 둘을 데리고 가서 해결하라는……."

태을검현의 답에 팽렬이 끼어들었다.

"사제라면… 설마 저 둘도 장로들입니까?"

아니라고 답하고 싶었다. 대화산의 장로들이 그렇게 맥없이 나가떨어졌다고 소문이 나는 것을 원하지 않았기 때문에…….

하지만 이미 엎질러진 물이다. 자신의 사제들 중 장로가 아닌 이가 없는 까닭이었다.

"마, 맞소."

태을검현의 답에 팽렬은 고개를 내저을 수밖에 없었다. 화산의 장로 셋을 단 세 수만에 제압했다는 말을 하면 강호에 믿어 줄 이가 과연 몇이나 될까 싶었던 것이다.

그런 팽렬의 모습을 힐끗 일별한 벽사흔이 물었다.

"왜?"

"아, 아닙니다."

여기서 다른 말을 해 봐야 욕만 얻어먹을 것이 뻔했기에 팽렬은 말을 아꼈다.

"싱겁긴……."

그런 팽렬에게 가볍게 핀잔을 준 벽사흔의 시선이 다시 태을검현에게 향했다.

"좀 전의 답은 과정만 말한 거고, 알맹이가 빠졌잖아."

벽사흔의 압박에 태을검현은 조심스럽게 말을 이었다.

"북직례라 불리는 하북 이외의 지역에선 팽… 가의 권리를 인정할 수 없다는 것이 화산의 입장입니다."

"팽가? 아니, 왜 여기서 팽가 이야기가 나와?"

의아해하는 벽사흔의 시선에 송찬과 팽렬의 고개가 저어졌다. 특히 팽렬은 오해라도 살까 싶어 유난히 맹렬하게 고개를 저어 댔다.

그것이 태을검현에겐 다르게 받아들여졌던 모양이었다.

"알고 있습니다. 진마벽가란 이름을 앞세운 일을 팽가가 감추고 싶어 한다는 것을 말입니다."

"앞세워, 우릴? 팽가가? 이게 도대체 무슨 소리야?"

"강한 부정은 긍정의 다른 이름이라지요."

완전히 심중을 굳혔는지 태을검현의 말은 일관되고 있었다.

결국 더 이상 들어 봐야 제대로 된 이야기가 나올 것 같지 않자 벽사흔은 그 부분을 건너뛸 수밖에 없었다.

"빌어먹을… 이건 다람쥐 쳇바퀴 도는 것도 아니고. 일단 그 부분은 다음에 따져 보고, 그래서 어쩔 생각이었던 거야?"

"돈을 받으면 돌아갈 생각이었습니다."

태을검현의 말에 송찬이 끼어들었다.

"그런데 장로가 셋씩이나 왔다?"

과한 대응이다. 화산이 팽가의 앞잡이 정도로 여기는 진마벽가를 의식해도 마찬가지다. 전쟁을 벌일 것이 아니라면 말이다.

"그건… 팽 대협이 신경 쓰인 탓이었습니다."

태을검현의 답에 벽사흔이 팽렬을 돌아봤다.

상대가 자신을 높게 쳐준 것이 그리 좋은지 이 상황에서조차 흐뭇한 미소를 감추지 못하는 그를 벽사흔이 못마땅한 눈으로 노려봤다.

그제야 슬며시 미소를 지우는 팽렬에게서 시선을 돌린 벽사흔이 물었다.

"그러니까, 저 덜떨어진 녀석이 신경 쓰였다?"

야박한 벽사흔의 평가였지만 태을검현은 개의치 않았다. 호랑이가 늑대를 우습게 안다고, 늑대가 사납지 않은 것은 아니었기 때문이다.

"예, 천하의 파갑신추니까요. 그를 완벽하게 누르려면 저를 비롯한 장로 셋은 필요하다는 것이 화산의 판단이었습니다."

솔직히 틀린 판단은 아니다.

초극인 팽렬을 상대로는 초극의 극의인 태을검현 한 명이면 충분하겠지만 죽일 것도 아니고, 자신들에게 피해 없이, 그리고 상대에게도 큰 피해를 입히지 않고 제압하자면 팽렬과 같은 능력을 가진 초극의 장로 둘 정도가 더 필요했던 것이다.

하지만 화산은 커다란 실수를 저질렀다. 그것에 대해 태을검현이 거론했다.

"다만… 가주님을 알지 못했다는 것이 실수로군요."

태을검현의 말에 벽사흔의 고개가 저어졌다.

"아니, 내가 아니었어도 너흰 성공하지 못했어."

"그게 무슨……?"

"진마벽가는 나나 팽렬만 있는 게 아니니까."

그 말에 태을검현의 눈에 놀람이 들어섰다. 여전히 신경

써야 하는 고수가 더 있다는 말이었기 때문이다.

그런 태을검현을 바라보며 벽사흔이 말을 이었다.

"여하간 문제를 해결해 보지. 하남 상단의 돈… 현물로 받아 가면 어떨까 싶은데."

"현물이라면 어떤 것입니까?"

태을검현의 물음에 벽사흔의 시선이 구석으로 향했다. 그 시선을 받은 이환이 황급히 앞으로 나섰다.

"다, 다시 뵙습니다, 대협."

"그렇군. 한데 이제야 알린 것이었나?"

"그게… 예, 송구합니다."

이환의 사과에 태을검현의 고개가 저어졌다.

"사과할 일은 아니지. 사실 난 진작 알렸을 거라고 생각했었네. 그럼에도 아무도 나서지 않기에 난 팽가가 물러섰다고 생각했었네."

또다시 팽가가 거론되자 벽사흔의 눈가가 찌푸려졌지만 끼어들진 않았다. 그런 상태에서 이환의 답이 이어지고 있었다.

"이쪽의 과실이 있기에 선뜻 알리고 도움을 청하지 못했습니다."

"그랬군. 상황을 알았으니, 제시할 현물에 대해 듣고 싶네만."

"아! 예. 저희가 제공할 수 있는 현물은 부동산입니다."

이미 어느 정도는 예상했던 것인지 태을검현의 반응은 무덤덤했다. 그런 그에게 이환이 넘길 수 있는 부동산의 명목과 예상 가격을 불러 주기 시작했다.

 그렇게 한참 목록을 부르던 이환의 말을 벽사흔이 중간에 가로막고 나섰다.

 "그만, 거기까지만 해도 도합 오만 삼천 냥이야."

 그 말로 벽사흔이 끼어든 이유가 설명되었다. 그에 태을검현도 고개를 끄덕였다.

 "가주님의 말씀대로 가격은 얼추 되는군요. 문제는 그 가격이 적당한지, 그것으로 대신 받아도 되는지까진 제게 권한이 없습니다. 하니 이 일을 하남 상단에 묻고자 합니다."

 "그건 마음대로."

 순순히 동의하는 벽사흔에게 태을검현이 조심스럽게 물었다.

 "그동안 저희는 어찌해야 합니까?"

 "언젠 내 허락을 받고 지냈나?"

 비틀린 벽사흔의 음성에 태을검현이 고개를 숙였다.

 "그 부분은… 사죄를 드리겠습니다."

 그것이 개인적인 사죄인지, 화산의 사죄인지는 명확히 밝히지 않았다. 그 안에 든 꼼수를 모르는 것은 아니었지만 벽사흔은 그것을 문제 삼지 않았다.

 "알았으니까, 애들 깨어나면 돌아가."

"어디로… 말씀이십니까?"

"어디긴, 네들이 묵던 객잔이지. 결과가 나올 때까진 계림에 머물 생각일 거 아니야."

벽사흔의 말에 태을검현이 정중하게 포권을 취해 보였다.

"감사합니다."

그냥 하는 인사치레가 아니었다. 진심으로 태을검현은 고마웠다. 솔직히 상대가 자신들의 목숨을 거둬들인다고 해도 항의하지 못할 정도의 명분과 힘을 쥐고 있었기 때문이다.

그런 태을검현을 지그시 바라보던 벽사흔이 아무 말 없이 진마전을 벗어났다.

결국 주인이 없는 방에서 사제들이 정신을 차릴 때까지 태을검현은 팽렬과 이런저런 말을 나누며 기다려야만 했다.

† † †

정신을 차린 두 사제를 태을검현이 이끌고 진마벽가를 나서자 벽사흔이 송찬과 팽렬을 조용히 불러들였다.

"진마벽가의 이름 위로 팽가의 이름이 씌워졌어. 그에 대해 아는 거 있어?"

벽사흔의 물음에 팽렬은 이전처럼 맹렬하게 고개를 저었다.

"모릅니다. 정말입니다."

극구 부인하는 팽렬에게서 시선을 돌린 벽사흔이 송찬에게 물었다.

"정보를 얻는 곳이 있다고 했지?"

"그래."

"알아볼 수 있겠어?"

"한번 알아볼게."

"부탁하지."

벽사흔의 말에 송찬이 서운한 표정을 지었다.

"남의 일이냐? 우리 집 일이야."

그 말에 벽사흔이 미안한 표정을 지었다.

"그래, 내가 실수했다. 알아봐. 어느 놈이 우리 집 이름에 그따위로 먹칠을 해 대는지."

"알았다."

답한 송찬이 곧바로 진마전을 나서자 팽렬도 엉거주춤 엉덩이를 들었다.

"저도 나름대로 알아보겠습니다."

"어떻게?"

"팽가의 이름이 쓰였으니 팽가도 대충은 알 겁니다."

다시 말해 팽가에 알아보겠다는 소리다. 그도 나쁘지 않을 것 같아 벽사흔이 고개를 끄덕였다.

"그래. 기왕 전서를 보내는 거, 네 백부보고 알아보라고 시켜."

"배, 백부께요?"

"그래. 내가 부탁하더란다고 전해."

그 말이 붙으면 도왕의 성격상 진짜로 움직일 것이었다. 적어도 빚을 지고는 못 사는 성미니까.

"아, 알겠습니다."

그렇게 팽렬마저 나가자 벽사흔의 표정이 깊게 가라앉았다.

오롯이 진마벽가의 이름으로 빛나는 것이 좋은 건지, 아니면 이미 드러난 팽가의 위세를 입고 조용히 지내는 게 나은 건지 차근차근 따져 보는 까닭이었다.

다행스럽게도 두 사람이 소식을 가져오는 것이 하남 상단에서 답이 오는 것보다 빨랐다.

"그러니까, 팽의 존재가 그런 오해의 단초가 되었다?"

팽렬을 힐끗거리며 묻는 벽사흔에게 송찬이 고개를 끄덕였다.

"그래. 거기다 우리가 계림에서 팽가의 권리를 인정할 수 없다고 밝혔는데도 불구하고 팽가가 두말없이 수긍한 것이 결정적이었던 모양이야. 더구나 팽가는 아예 광서 전역에서 우리의 패권을 인정하기까지 했으니까."

그 안에 든 이야기들을 세상 사람들이 모르기 때문이다. 천하의 도왕이 깨지고, 대장로를 위시한 팽가의 기라성 같은 고수들이 힘없이 무너졌던 일을 알지 못하는 까닭이었다.

"우습게 되었군."

"그래. 우리만 몰랐지, 세상 사람들은 모두 그렇게 알고 있었더라고. 정말 우습게 되었던 거지."

송찬의 말에 허허롭게 웃던 벽사흔이 말했다.

"그래도 나쁜 점만 있는 건 아니야."

"무슨… 소리야?"

"생각해 봤는데, 그 덕에 우리를 시험하려는 기존 세력의 장난질이 없었던 것 같더라."

"그야……."

그 말엔 송찬도 부정할 수 없었다. 새로운 세력에 대한 강호의 텃세에 대해선 송찬도 너무나 잘 알고 있었기 때문이다.

그런 점에서 보자면 진마벽가는 아무런 방해나 시험을 받지 않았다. 그건 팽가란 기존 세력의, 그것도 쉽게 무시하지 못할 이름이 앞에 놓인 덕이라는 건 어렵지 않게 짐작할 수 있었다.

"그래서 그냥 이대로 지낼 생각이다."

"무슨… 그럼 이대로 팽가의 이름에 눌려 살겠단 말이야?"

"구태여 우리가 그렇게 주장할 필요는 없겠지만, 나서서 오해를 풀 생각도 없어."

"왜?"

"소란스럽지 않고 괜찮잖아."

"말도 안 돼! 강호인은 명예로 사는 거야. 누가 감히 우리 집 이름 앞에 지들 이름을 내세워. 결코 용납해선 안 되는 일이야!"

송찬답지 않게 강경한 태도에 벽사흔이 희미하게 웃었다.

"팽가의 이름이 앞에 있다고 진마벽가의 이름이 사라지는 건 아니잖아."

"하지만 우리를 팽가의 하수인쯤으로 안다잖아!"

"그게 뭐? 내가 아니고, 네가 아니면 되는 거야. 우리가 언제부터 딴 놈들 말에 신경 썼다고. 정히 눈앞에서 까부는 놈이 있으면 그때 대가릴 깨 버리면 되는 거고."

"말은 알아듣겠는데… 왜 그러는 건데?"

"여러 가지 이유가 있겠지만, 우선 팽가의 이름을 지우는 게 쉽지 않을 것 같아."

"어려워도 해야 하는 일은 해야 하는 거야. 왜 너답지 않게 주저하는 거야?"

송찬의 물음에 벽사흔이 어깨를 으쓱였다.

"우리가 강하다고 사람들을 설득하고 다니는 걸 생각해 봤거든. 근데 그거 좀 많이 웃기더라."

"그래도 우리 이름이 뒤에 가려지는 건 좀 그렇잖아."

여전히 반대인 송찬에게 벽사흔이 말을 이었다.

"태을검현인가? 그 화산 녀석의 반응만 봐도 알겠지만, 강호인들의 인식을 바꾸자면 결코 쉽지는 않을 거야. 그 과정에서 적당히 실력 행사도 해야 할 거고, 때에 따라선 피도 봐야 하겠지."

"그야 당연하지."

그게 무슨 문제냐는 듯이 바라보는 송찬에게 벽사흔이 말했다.

"겨우 이름이나 내세우자고 그런 짓은 하고 싶지 않아. 그리고 또 하나……."

"또 하나?"

"난 조용한 게 좋아. 그동안 충분히 시끄럽게 살았거든."

그 말을 하는 벽사흔의 모습은 평소 그의 모습과 달리 조금은 지쳐 보였다. 그 생소한 광경에 송찬의 입이 다물렸.

하긴 소란스런 삶에 지친 것은 자신이나 취수전의 후배들도 다르지 않았다.

"뭐… 가주의 뜻이 정히 그렇다면야……. 하긴 조용한 것도 나쁘지 않지."

"그래. 가능한 한 조용히 살자. 물론 시비 걸어오는 놈들은 어쩔 수 없겠지만."

그 말을 하면서 번쩍이며 살아나는 벽사흔의 눈빛에 송찬이 히죽 웃었다.

"오는 시비 안 막고, 무관심엔 무대응이라. 뭐, 괜찮네. 나름 철학도 있어 보이고."

"그래. 하니 그렇게 살자."

"쯧, 가주가 그러자는데 별수 있나. 알았어."

두 사람의 결정에 팽렬은 굳게 입을 닫고 있었다.

사실 팽가에서 그에게 온 전서엔 가능한 한 진마벽가의 이름이 팽가와 함께할 수 있도록 손을 써 보라는 것이었다.

가주인 벽사흔의 능력을 가장 정확히 아는 도왕이 팽가의 곁에 진마벽가를 붙들어 두고 싶어 했던 것이다.

그렇다고 그 말을 그대로 행동에 옮길 생각은 없었다. 적어도 지금은 팽가가 아니라 벽가의 사람이었기에······.

하지만 스스로 그렇게 가는 가주를 돌려세울 생각도 없었다. 자신이 나서서 고춧가루를 뿌리기엔 팽가란 피의 의미를 외면할 수 없었기 때문이다.

† † †

벽사흔의 결정이 난 날로부터 사흘 후, 태을검현이 두 사제와 함께 정식으로 진마벽가를 방문했다.

"어쩐 일이야, 이런 걸 다 보내고?"

화산의 이름이 선명하게 적힌 배첩을 들어 보이는 벽사흔에게 태을검현이 정중히 말했다.

"화산은 진마벽가를 강호의 일원으로 정식 인정했습니다."

"언제는 아니었나……. 한데 갑자기 왜?"

"그만큼 팽가를 존중한다는 의미입니다."

다시 팽가의 이름이 거론되었지만 지난날 같은 반응은 나오지 않았다. 벽사흔과 송찬 등이 이미 마음의 결정을 내린 뒤였기 때문이었지만, 태을검현에겐 더 이상 부정하지 않는 것으로 비쳤다.

그러거나 말거나 벽사흔은 신경 쓰지 않았다.

"뭐, 그러든지. 그나저나 결과는 어떻게 됐어?"

앞의 문제야 더 이상 신경 쓰지 않기로 한 이상 벽사흔 등에게 중요한 문제는 대륙 상회 계림 지부의 일이었던 것이다.

생각 외로 화산의 결정에 무반응인 벽사흔 등을 바라보며 태을검현이 어리둥절한 표정으로 답했다.

"그건… 그리하겠답니다."

"그럼 그것도 너랑 내가 처리해야 하는 건가?"

"아닙니다. 실무는 하남 상단의 사람이 직접 계림 지부로 와서 처리하게 될 겁니다."

"다행이군. 난 또 체질에 안 맞게 상인 짓을 해야 하나 했지."

벽사흔의 말에 희미하게 웃어 보인 태을검현이 작은 서찰을 하나 내밀었다.

"뭐야?"

"대장로께서 보내신 서찰입니다. 전서와 함께 도착한 것을 옮겨 적은 것입니다."

"대장로라면… 화산의?"

"예."

"그자가 왜 나한테?"

벽사흔의 물음에 태을검현이 답했다.

"읽어 보시면 아실 것입니다."

그 말에 서찰을 받아 든 벽사흔이 그것을 펼쳐 들었다.

잠시 서찰을 읽어 내려가던 벽사흔이 의아한 표정으로 고개를 들었다.

"무림지회?"

"강호의 명숙들이 오 년마다 모이는 자리입니다."

"모여서 뭐하는데?"

"그냥 안부를 묻는 자리입니다."

"안부나 묻자고 모인단 말이야?"

솔직히 말하면 상대의 경지가 얼마나 늘었는지, 아니면 죽어 사라졌는지 가늠하기 위한 자리다. 관의 눈치를 보아야 했던 탓에 생겨난 자리인 셈인데, 나름 순기능도 존재했다.

이전이라면 대화보다 칼이 먼저 나갔을 정사마가 한자리에 앉아 대화로 문제를 해결하는 경우가 많아졌다는 것이다.

그 덕에 자잘한 충돌은 있어도 과거같이 너 죽고 나 죽자는 식의 전면전은 일어나지 않았다.

"해결할 일이 있으면 그곳에서 해결하기도 합니다."

태을검현의 답에 벽사흔은 어깨를 으쓱여 보였다.

"나, 해결 못한 일 없는데."

참으로 맥 빠지는 소리이긴 하지만, 그걸 그대로 표현할 순 없었다. 한데 그때 의외의 사람이 나섰다.

"난 있어."

송찬의 말에 무엇을 짐작했던지 벽사흔의 미간에 주름이 잡혔다.

"과거는 그냥 묻어 두는 게 나을 때도 있어."

"나도 알아. 굳이 꺼내서 좋을 과거가 아니라는 것도 알고."

"한데 왜?"

"무슨 일이 있어도 찾아야 할 사람이 있어. 그러기 위해선 반드시 대화를 나눠야 할 상대가 있지."

"누군데?"

벽사흔의 물음에 송찬이 답했다.

"창천검작(蒼天劍爵)."

"창천검작?"

"그래. 남궁세가의 태상가주로, 강호십대고수지."

송찬의 말에 잠시 듣고만 있던 태을검현이 나섰다.

"그분이라면 무림지회에 참석하실 것입니다."

초대를 받다 • 291

그렇게 되자 벽사흔이 거절하기 어렵게 되었다.

"할 수 없지. 알았어. 어디서 열리는 거지?"

"올해는 저희 화산에서 열립니다."

그제야 벽사흔은 화산의 대장로란 자가 자신을 초청한 연유를 알 수 있었다.

"서찰에 적힌 날짜에 맞춰서 가면 되는 건가?"

"예. 다만, 수행 인원엔 제한이 좀 있습니다."

"얼마나?"

"십여 명을 넘지 못합니다."

"그거면 됐어. 그렇게 많이 데려갈 생각도 없으니까."

벽사흔의 말을 태을검현은 곧바로 수긍했다. 어차피 그날 참석할 팽가의 대표들만 생각해도 충분할 것이란 생각 때문이었다.

그런 생각을 아는지 모르는지, 벽사흔은 자신의 참가를 약속하곤 태을검현 일행을 떠나보냈다.

그런 그에게 송찬이 다가왔다.

"고맙다."

"뭐가?"

"두말없이 들어줘서."

"찾아야 할 사람이 있다니까."

누군가를 찾는다는 것, 그것이 얼마나 어려운 일인지 벽사흔도 잘 알고 있었다.

"고맙다, 이해해 줘서."

"됐어. 남도 아니고… 제대로 찾을 수 있기나 했으면 좋겠다."

벽사흔의 말에 송찬은 희미한 미소를 지어 보일 뿐이었다.

刀帝

 최근 살막의 분위기는 좋지 못했다. 근래에 드물게 실행이 연속적으로 실패한 까닭이었다. 그것도 꽤나 많은 희생을 동반한 채 말이다.
 "오늘부로 이 조는 실패하고 죽임을 당한 것으로 분류되었습니다."
 혼주의 말에 막주의 눈매가 가늘어졌다.
 "이 조가 실패했다면 그곳엔 팽렬 외에 다른 놈이 또 있다는 소리다."
 "혼실도 그렇게 추측하고 있습니다."
 "하면 이번엔 누굴 보낼 생각이지?"
 막주의 물음으로 살행을 중단할 생각이 없음을 확인한 혼주가 미리 준비해 온 답을 내놓았다.

"일 조가 남아 있긴 합니다만… 그들의 능력은 이 조와 그리 크지 않습니다. 해서 이번엔 외부 사람을 쓸까 합니다."

"외부 사람?"

되묻는 막주의 눈가가 잔뜩 찌푸려졌다. 자타 공인 당금 중원 최고의 자객 집단으로 불리는 살막이 살행을 위해 외부 사람을 쓴다는 것이 마음에 들지 않았기 때문이다.

하지만 그것을 알면서도 혼주는 말을 바꾸지 않았다.

"예. 이 조 정도의 능력에도 불구하고 실패한 것으로 보아 팽렬 외에 목표의 주변에 있을 것으로 예상되는 또 한 명의 고수도 초극의 고수일 가능성이 높습니다."

"하면 초극이 둘이라……."

초극 셋이 모이면 초극의 극의 한 명을 상대할 수 있다는 강호의 정설을 따르면, 거의 초극의 극의에 이른 고수 한 명이 목표의 곁에 있는 것과 같다는 의미였다.

"예. 현재 우리가 가진 능력으론 살행이 불가능합니다."

초특급 살수의 부재 때문이다. 대자객교가 무너진 이후 중원 자객 집단에선 자객왕이라 불리는 초특급 살수의 맥이 끊어졌다.

그 이후 초극을 넘어서는 고수를 홀로 죽일 수 있는 살수는 사라졌다. 다만, 가능성이 있는 살수가 하나 남았을 뿐이다.

"흠… 예인, 그놈을 생각하는 모양이로군."

"맞습니다."

혼주의 답에 막주의 눈가가 더 찌푸려졌다. 독불장군인 양 홀로 움직이는 행태가 평소부터 마음에 들지 않았던 탓이다.

"소문엔 최근 놈이 의뢰를 실패했다던데?"

"예. 가로막은 자가 도군이지요."

추가적인 비난을 막아 버리는 이름이었다. 화경의 극의. 높아도 너무 높아서 자객이 입에 담을 수 없는 상대였던 까닭이다.

"쯧, 언제 의뢰를 할 생각인가?"

"접촉을 시도해서 성공하면 바로 움직여 볼 생각입니다."

"이미 수지타산이 안 맞는데 예인, 그놈까지 고용하자면……. 어찌할 생각이야?"

"그렇지 않아도 그 부분을 상의드리려던 참입니다. 저희가 처음 의뢰와 함께 받은 돈은 금자 일만 냥이었습니다."

처음엔 어마어마한 거금이라고 생각했던 일이다. 하지만 지금은…….

"너무 적게 받았어."

"지금까지 나온 결과로는 그렇습니다만… 처음엔 이렇게까지 실행이 어려워질 줄은 몰랐으니까요."

의뢰를 담당하는 혼실의 책임자로서의 변명인 셈이었다.

그래도 힐난을 하면 받을 수밖에 없는 상황이었지만, 막주는 그렇게 하지 않았다.

"그건 나도 그랬으니 달리 뭐라 그럴 순 없겠지. 그나저나 놈에게 얼마나 들어갈 것 같은가?"

"전례를 보았을 때, 놈은 금자 일만 냥 이하로는 움직이지도 않습니다. 거기다 목표에 초극의 고수 둘이 따라붙어 있는 것을 알면……."

"흠… 예상되는 금액은?"

"최하 금자 삼만 냥입니다."

대충 초극인 고수의 목에 걸리는 의뢰비가 금자 일만 냥 내외다. 그걸 감안하면 조금 높은 금액이었다.

"목표는 초극에 미치지 못하는 거 아니야?"

"하지만 주변에 초극의 고수가 둘입니다. 초극의 고수 하나를 상대할 때보다 적어도 세 배 이상의 위험성이 있기 때문입니다."

일 더하기 일은 이라는 기초 산수가 통하지 않는 것이 고수의 세계이기 때문이다. 세 배? 어쩌면 네 배, 다섯 배의 위험일 수도 있었다.

"그놈들까지 모조리 죽여 달라는 것이 아니잖아."

"초극의 고수를 돌파하거나 따돌리는 위험성은 그들을 죽이는 것과 다르지 않다는 거… 막주님께서도 아시지 않습니까?"

혼주의 말대로 자신도 안다. 알면서도 쓸데없는 소리를 한 것은…….

"너무 아까워서 그래."

돈을 위해 사람을 죽인다. 그 탓에 쓰레기라는 소리를 듣지만, 자객은 그 돈을 위해 자신의 목숨도 건다. 그렇게 버는 돈이니 아까울 수밖에 없었다.

"하지만 어쩔 수 없습니다, 막주님."

"제길, 추가 비용 요구하면 들어줄까?"

"상대가 좋지 않긴 합니다만… 요구해 보긴 해야 하지 않겠습니까?"

관부인이다. 그것도 대도독이라는 굉장한 고위 장수다. 그런 이를 상대로 처음과 다른 말을 한다는 것은 위험한 일이었다. 그래도 지금 상황에선 말을 해야 했다.

"들어가는 비용이 비용이니 할 수 없겠지. 시도해 봐."

"예, 막주님."

거절할 경우는 말하지 않았다. 어차피 포기하면 위약금으로 이만 냥을 물어내야 한다. 그러느니 차라리 일만 냥을 더 들여 명예라도 지키는 것이 실익이란 것을 아는 까닭이다.

혹자는 돈을 위해 사람을 죽이는 자객에게 무슨 명예냐고 하겠지만 그 돈을 위해서 명예, 다른 말로는 능력이라고 부를 수도 있는 것이 반드시 필요했다.

능력이 높게 쳐질수록 들어오는 의뢰가 늘어나고, 그것에 비례해 수익도 늘기 때문이다.

특히 근자에 지불한 거액의 위약금 때문에 더 돈에 민감해져 있었다.

"참, 양 공공에겐 위약금 지불했나?"

"예, 막주님."

"담당 혼객의 목과 함께?"

"예, 그리 처리했습니다."

혼주의 답에 막주가 물었다.

"양 공공의 반응은?"

"의뢰를 받아들이기에 어쩐 일인가 했었답니다. 그래서인지 반려를 당연하게 느끼는 듯도 했습니다."

혼주의 말에 막주의 얼굴 전체가 찌푸려졌다. 그 말대로라면 놈이 그냥 찔러본 것에 놀아나 십만 냥이라는 거금을 날려 먹은 꼴이기 때문이다.

"목을 잘라 낸 놈의 몸뚱이, 개에게 먹이로 던져 줘!"

분기를 풍기는 막주의 말에 혼주가 고개를 조아렸다.

"이미 그리하라 지시했습니다."

자신만큼 열이 받았던지 이미 그리했다고 답하는 혼주의 모습에 막주가 피식 웃었다.

"잘했어."

"다신 그런 일 없을 것입니다, 막주님."

"알아. 그동안 그런 실수가 없었던 혼실이니까."

"믿어 주셔서… 감사합니다."

"새삼 무슨… 쓸데없는 말 말고 예인, 그 망할 놈이나 제대로 접촉해 봐."

"예, 막주님."

복명하고 나서는 혼주를 바라보는 막주의 눈에 옅은 불안감이 서려 있었다. 하지만 그런 막주조차 자신이 왜 불안해하는지 잘 알지 못했다.

† † †

계림은 소문처럼 아름답진 않았다. 천지를 진동한다던 계화 향기도 나지 않았고, 온 세상을 울긋불긋하게 물들여 놓는다는 단풍도 볼 수 없었다.

아무리 한겨울인 동지섣달이라지만 남쪽에 치우친 광서는 그저 쌀쌀한 정도였다. 그럼에도 나뭇잎을 떨궈 낸 나무들은 괜히 마음을 더 차갑게 식혀 댔다.

"천하미향은 무슨……."

투덜거리던 여인이 들어선 곳은 화장(花場)이란 이름이 붙은 꽤나 깔끔한 객잔이었다.

"어서 오세요."

다른 객잔들과 달리 쪼르르 달려온 점소이가 더벅머리 소

값어치에 대해 · 303

년이 아닌 깔끔한 차림의 소녀였다.

"네가 점소이야?"

여인의 물음에 소녀가 미소를 지었다.

"오늘만요."

"오늘만?"

"예. 탁이 오빠가 오라버니와 함께 백부님 댁에 갔거든요."

"백부님 댁이 먼가 보구나."

"아니요. 저기 강 너머에요."

"강 너머……."

계림이란 도시와 이강을 사이에 둔 작은 평지엔 오로지 하나의 장원만이 존재한다.

"설마… 진마벽가?"

"어! 어떻게 아셨어요?"

놀라는 소녀에게 여인이 물었다.

"백부께서 그곳에 사시는 모양이지?"

"예. 그곳에서 이런 분이 우리 백부님이에요."

자랑하듯 엄지손가락을 치켜세워 보이는 소녀의 모습에 여인의 눈매가 가늘어졌다.

"이거면… 장로?"

"아니요. 대장이요. 음… 가, 가……."

생각이 잘 안 나는지 연신 뒷말을 잇지 못하는 소녀에게 여인이 물었다.

"가주?"

"아! 예, 맞아요. 가주. 우리 백부님이 가주님이에요."

무엇이 기쁜지 소녀의 답에 가늘어졌던 여인의 눈매가 휘어졌다.

"그렇구나. 좋은 소식이네."

"예?"

"아니, 네가 좋겠단 소리야."

"그럼요. 얼마나 좋은데요. 동네 애들이 엄청 부러워해요."

부러워하는 정도가 아니다. 여자아이들은 질시에 가까웠고, 남자아이들은 선망의 눈초리를 감추지 못했다.

"그렇구나. 혹시 아버지를 뵐 수 있겠니?"

여인의 물음에 소녀가 고개를 끄덕였다.

"그럼요. 아버지."

아버지를 부르며 쪼르르 달려가는 소녀를 계산대에 서 있던 사내, 요해가 함박웃음을 지으며 맞는 것이 보였다.

딸에게서 말을 들었던지 요해가 여인의 탁자로 다가왔다.

"찾으셨습니까, 손님?"

"예. 방을 얻을 수 있을까요?"

식당을 겸한다지만 주업이 숙박이다 보니 반가운 소리였다. 특히 요즘 같은 비수기에는······.

"그러믄입쇼. 어떻게… 특실을 내드릴까요?"

별채를 갖추지 않았지만 그에 준할 정도로 잘 갖춰진 특실을 구비하고 있었다. 물론 그만큼 숙박비가 비쌌지만 말이다.

상대의 기대를 읽었는지 여인이 살포시 웃으며 고개를 끄덕였다.

"그러죠. 대신 조금 깎아 주셔야 해요."

"그, 그럼요. 팍 깎아서 절반 값에 드리지요."

절반 값이라도 일반실에 비하면 두 배가 넘는 금액이었다. 놀리느니 그렇게라도 버는 것이 이익이었다.

요해의 함박웃음에 여인의 웃음이 진해졌다. 그 모습에 요해는 상대가 웃는 모습이 꽤나 예쁜 소저라는 것을 알 수 있었다.

† † †

다소 늦은 저녁 시간, 벽사흔이 세가 내 일반 무사들의 훈련을 담당하는 교무각(敎武閣)의 각주인 벽우일의 보고를 받고 있었다.

"상이는 골격이 좋은데다 몸놀림도 비교적 날렵하고, 이해력도 빠른 편입니다. 특히 본인이 하고자 하는 열성이 굉장합니다."

상, 성도 없이 외자 이름을 가진 열두 살의 사내아이는 화장 객잔의 주인인 요해의 아들이었다. 무사로서의 가능성을 보아주겠다던 벽사흔의 말에 따라 진마벽가를 방문했던 것이다.

"꿈이 강호 무사였다던 녀석이야. 평소 하고 싶어 하던 일이니 열성은 있겠지. 발전 가능성은?"

"저도 그렇지만, 팽 전주님의 평가가 꽤나 좋습니다."

벽우일의 말에 벽사흔의 시선이 배석해 있던 팽렬에게 향했다.

"어떤데?"

"무리에 대한 이해력이 상당히 좋습니다. 오성이 뛰어나다고 해도 무리가 없을 정도입니다."

"그 정도야?"

"예."

우연히 맺은 아비와의 인연 이후, 시내만 나갔다 하면 자신을 백부라 부르며 졸졸 따라다니던 꼬맹이 녀석에게 그런 점이 숨겨져 있었다는 것이 신기했다.

"그럼 오늘은 늦었으니까 내일 녀석이 돌아가는 길에 아비에게 통보하고, 그가 동의하면 맡아서 키워 봐. 물건 한번 만들어 보란 소리야."

벽사흔의 말에 교무각주인 벽우일이 미소를 그렸다.

"알겠습니다, 가주님. 그리고……"

"뭔데 어물거려?"

"그게… 그 상이를 안내해 온 점소이 말입니다."

"점소이가 왜?"

벽사흔의 물음에 벽우일이 조심스럽게 말을 이었다.

"연무장 밖에서 상이가 하는 대로 흉내를 내는데……."

상대의 신분 때문인지 상당히 조심스러워하는 벽우일이 답답했던지 팽렬이 나섰다.

"거의 제대로 해냈습니다. 흉내라고 보기엔 믿기 어려울 정도로 말입니다."

아주 기초적인 동작들이었지만 요체를 모르고는 절대로 흉내 낼 수 없을 만한 것들이었다.

"하면 한번 제대로 시켜 보지 그랬어?"

벽사흔의 말에 팽렬이 답했다.

"그렇게 했습니다."

"결과는?"

"상이가 준재라면 이놈은 천잽니다, 가주님."

"그 정도야?"

"예. 상이만큼 이해력이 좋은데다, 점소이로 구른 까닭인지 눈치까지 빠릅니다. 적당한 노동을 해 온 덕인지 근육도 나름 잡혀 있고… 그놈도 가능성이 높습니다."

팽렬의 후한 평가에 벽사흔이 흥미를 보였다.

"본인의 의사를 확인해 봐. 하겠다면 받아들이는 방향으로 해 보고."

벽사흔의 말에 교무각주인 벽우일이 답했다.

"예, 가주님."

자신들의 생각이 받아들여졌다는 기쁨 때문인지 싱글벙글인 벽우일에게 벽사흔이 물었다.

"말이 나왔으니까 하는 말인데, 세가 내에 무관을 좀 열어보면 어때?"

"무…관이요?"

"그래. 계림 무림이 우리 벽가로 통일되면서 무관까지 사라진 탓에 무술을 배우고 싶어 하는 이들이 마땅히 갈 곳이 없어진 모양이야."

벽사흔의 말에 한때 우일이란 이름으로 태평무관의 관주를 지내기도 했던 벽우일이 조심스럽게 말했다.

"문제가 되지 않겠습니까?"

"뭐가?"

"무관이라면 무술을 가르쳐 내보내는 것이 일반적입니다. 하지만 우리가 그렇게 하면… 진마벽가의 절기가 외부로 누출되는 상황에 처할 수도 있습니다."

벽우일의 걱정에 벽사흔의 입가로 미소가 그려졌다.

"배워 봐야 얼마나 배운다고 누출씩이나."

신화경에 발을 들였을 것으로 예상되는 가주에겐 하찮게 보일지도 모르지만, 다른 이들의 생각은 그와 달랐다.

진마벽가에서 심득마저 모조리 풀어 놓은 진마삼무와 격우권은 기초 무공이라는 가주의 구분과 달리 절기라 불려도 손색없을 만큼 대단히 뛰어난 무공이었다.

거기다 진마심공이라 불리는 입문 심공은 그 네 가지 무공과의 상생이 놀랄 만큼 뛰어났다. 더구나 기존에 배워 오던 다른 내공을 별다른 저항 없이 그대로 흡수하는 무서운 포용력까지 보였던 것이다.

그 덕에 지금도 매달 새롭게 일류에 오른 무사들이 서넛씩 생겨나는 지경이었다. 그 이상으로 오르자면 조금 더디긴 했지만, 그건 일류에 오르기까지의 시간에 비한 것일 뿐이다.

일반적인 강호의 잣대로는 그것마저도 엄청난 속도였으니까 말이다.

현재 진마벽가에서 해당 무공들로 일류에서 상승의 일류로 오르는 데 걸리는 시간은 최단 기록이 일 년 반이다.

물론 그보다 짧은 시간 안에 도달한 이들도 있지만, 그런 이들은 이미 일류에 올라서 있던 자들이었다. 순수하게 진마심공과 진마삼공, 그리고 격우권을 배우고 나서 일류가 되고, 다시 상승의 일류로 오른 이들 중엔 일 년 반이 최고 기록이었다.

그런 상황이니 벽우일이 반대할 수밖에 없었다. 상승의 일류에서 절정의 벽에 막혀 십여 년을 허송세월했던 자신조차

일 년 만에 벽에 틈을 발견할 정도였으니까 말이다.

"생각보다 많은 것을 배울 수 있습니다."

"그래?"

벽사흔의 물음에 벽우일뿐만 아니라 배석해 있던 다른 이들도 모조리 고개를 끄덕였다. 그 모습에 벽사흔이 한발 뒤로 물러섰다.

"그렇다면… 조금 더 생각해 보기로 하지."

완전한 철회는 아니었지만, 당장 실행하겠다는 고집을 부리지 않은 것만으로도 사람들은 다행이란 표정이었다.

워낙 한 번 마음먹은 일은 해내야 직성이 풀리는 벽사흔의 성품을 아는 까닭이었다.

그렇게 세가 내에 무관을 여는 일이 뒤로 물린 상태로 약식 회의가 끝나자 송찬과 팽렬을 포함한 수뇌들이 모두 물러갔다.

사람들이 물러간 진마전에 고요함이 내려앉았.

아직도 간간이 이연의 일을 떠올리는 자신의 모습을 세가 사람들도 느끼는 모양인지, 요즘 들어 자신을 홀로 내버려 두는 시간이 예전보다 더 적어졌다.

그런 분위기에 적응된 탓인지 지금처럼 홀로 있는 시간이 조금은 불편했다. 한때는 이런 고요함을 갈망했던 자신이기에 설핏 새어 나오는 웃음을 막을 수가 없었다.

그렇게 피식 웃으며 오랜만의 명상을 위해 감았던 벽사흔의 눈은 생각보다 일찍 떠졌다.

"가주님."

익숙한 음성에 벽사흔이 물었다.

"왜?"

"손님이 찾아왔습니다."

"손님? 이 시간에?"

해시(亥時:오후 9시~11시)를 알리는 종소리가 울린 지 한참이 지났기 때문이다.

"예. 반드시 전해야 하는 소식이라고 사정하는 통에… 송구합니다."

"찾아온 이가 누군데?"

"요해입니다."

"요해? 화장 객잔의 그 요해?"

"예, 가주님."

자신의 아들이 시험을 받았으니 그 궁금증을 참지 못해 찾아온 것인가 싶었다. 그 생각에 벽사흔의 입가로 다시 웃음이 깃들었다.

"들여보내."

"예, 가주님."

벽야평의 답과 함께 문이 열리며 잔뜩 굳은 표정의 요해가 들어섰다.

"어지간히 궁금했던 모양이로구먼. 이리 와서 앉아."

웃음기를 머금은 벽사흔의 권유에 가까이 다가온 요해는 마치 불안한 사람처럼 보였다.

"뭐해, 안 앉고?"

"그, 그게… 가주님."

"왜?"

"이, 이걸 좀 봐주십시오."

덜덜 떨리는 손으로 내미는 쪽지를 의아한 표정으로 받아 펼쳐 든 벽사흔의 입가에서 웃음기가 사라졌다.

"언제 일어난 일이야?"

"수, 술시(戌時:오후 7시~9시) 말쯤입니다."

"한데 왜 이제야 와?"

"그, 그게……."

망설였기 때문이다. 자신 같은 이들의 일에 무림세가의 가주씩이나 되는 벽사흔이 위험을 감수할지 확신이 서지 않았던 것이다.

불안하게 떨리는 요해의 눈에서 그런 그의 생각을 읽은 벽사흔은 혀를 차며 일어섰다.

"쯧, 멍청하긴. 가자."

"어, 어딜 말씀이십니까?"

"어디긴, 네 아내와 딸을 구하러 가야지."

"저, 정말 가실 생각이십니까?"

놀라서 눈이 왕방울만 하게 커진 요해의 물음에 벽사흔이 이상한 눈으로 바라보았다.

"그럼 안 가? 내가 안 가면 죽인다잖냐."

"하, 하면 수, 수하 분들이라도……"

"여기 쓰여 있는 거 못 본 거야? 너 말고는 나 혼자 오라잖아. 아니면 네 아내와 딸을 죽인다고 쓰여 있잖냐."

"그, 그렇다고 정말 혼자 가십니까?"

"위협이 위협인데, 안 따를 수 없잖아."

마치 당연한 일을 왜 묻느냐는 듯한 벽사흔의 표정에 한참 망설이던 요해가 고개를 저었다.

"가, 가지 마십시오."

"뭐?"

"위험합니다. 가지 마십시오."

"내가 안 가면 네 아내와 딸이 죽어?"

"아, 압니다."

"그런데도 가지 말라고?"

벽사흔의 물음에 벌써부터 눈물을 흘리기 시작한 요해가 말했다.

"잘 모르는 제가 보기에도 위험해 보이는 것이 객잔에 잔뜩 깔렸습니다. 이상한 냄새가 나는 것을 잔뜩 발라 놓은 암기도 많이 봤고… 너무 위험합니다."

"지금 네 아내나 딸보다 내 안위가 더 중요하다고 말하는 거냐?"

 벽사흔의 물음에 요해가 고개를 저었다.

 "소, 솔직히 제 아내와 딸보다 더 중요하게 느껴지는 목숨이 어디에 있겠습니까? 제가 죽어서 살릴 수 있다면 머뭇거리지 않을 겁니다."

 "한데 왜?"

 "적어도 가주님의 목숨은 저희 같은 촌무지렁이보다 더 중요한 일에 걸어야 한다는 생각이 들었습니다."

 요해의 답을 들은 벽사흔의 입가로 다시 미소가 어렸다.

 "이봐, 요해."

 "예, 가주님."

 "너 진마벽가에 보호세 내지."

 "그, 그야……."

 "내가 전에도 이야기했지만, 너 무릎 꿇지 않게 해 달라고 내는 돈이라고 했지."

 "그, 그렇지만, 이번엔 다르지 않습니까?"

 "아니, 별로 다르지 않아. 지금은 네가 가족들의 목숨이 걸린 위협에 무릎을 꿇은 거니까."

 벽사흔의 말에 요해는 얼른 답을 할 수 없었다. 그런 그의 어깨를 벽사흔이 두드렸다.

 "그러니 잘 봐 둬. 네가 낸 돈이 어떤 값어치를 할 수 있는지 말이야."

그 말을 남겨 놓고선 문을 나서는 벽사흔의 등을 요해는 떨리는 눈으로 바라보았다.

4권에 계속

www.mayabook.co.kr

www.mayabook.co.kr

www.mayabook.co.kr

www.mayabook.co.kr